ほたる茶屋

千成屋お吟

藤原緋沙子

角川文庫
23512

目次

十三夜

一

お江戸の紅葉狩りといえば、東叡山寛永寺、谷中の天王寺、根津の権現と出向く場所には事欠かないが、中でも品川の海晏寺は壮大な境内が錦繡で埋め尽くされて絶景である。

「うわー、綺麗やなあ……上方の紅葉もよろしいけど、お江戸の紅葉もすばらしいわ。お吟さん、この五日の間、あちこち案内してくれはって、ほんまにおおきに、感謝します」

大坂の米問屋『浪速屋』の内儀お稲は、海晏寺境内の一段と高い丘に上ると、感嘆の声を上げた。

「気に入っていただけましたか、私もこちらの紅葉が江戸随一だと思っています」

お稲と肩を並べて微笑んだのは、日本橋で『千成屋』の看板を上げ、御府内のよろず相談を引き受けている女将で、名をお吟という。

目鼻だちも麗しく、立ち居振る舞いのしなやかな体からは、三十路に入った女の妖艶さが垣間見える。

お吟はこの五日ばかり、大坂から江戸見物にやって来たというお稲に頼まれて、御府内でも有名な紅葉の地を案内しているのだった。

今日が約束した案内の最終日で、かねて計画していた通り、最後は自分も気に入っている海晏寺を案内しているところだ。

お吟は、紅葉を見渡すお稲の横顔に説明した。

「この海晏寺の本尊は鮫頭観世音ですが、その昔漁師の網にかかった鮫の腹の中から観音像が出て来たのが始まりです。時の執権、鎌倉の北条時頼がこの地に寺を建て、観音像を祀ったのです」

お吟の説明を聞きながら、お稲は紅葉の先の遠景を成す品川の海の広大な輝きに心を奪われているようだった。

この寺の境内には、大小の丘がいくつもあって、そこには紅葉を楽しむ人たちが多数見える。

その人たちは、寺が貸し出した畳一畳ほどの縁台を一つ、あるいは二つ並べてその上に茣蓙（ござ）を敷き、また地べたにも直接茣蓙を敷いたりして、持参した重箱の手料理に舌鼓を打っている。

お吟は、ゆっくり歩きながら、あちらこちらに落ちている紅葉の葉を拾うと、

「ほら、これは蛇腹（じゃばら）紅葉ですよ。あの木は千貫（せんがん）紅葉、この丘の下に見えるのは花紅葉や猩猩（しょうじょう）紅葉です。お稲さん、この寺の紅葉の種類は大変多くて、それが人気の的なんです」

夢中になって紅葉を拾っているお稲に手にとって見せながら説明する。

「なんやろな、こうして落ちた紅葉を拾ってると懐かしい気持ちになって、子供の頃にもどったようやわ」

お稲も目を輝かせている。だがまもなく、

「それに……」

突然お稲は真顔になると、

「うちね、お吟さん。ほんまの事言うと、亭主と一緒に江戸見物する予定やったん

ですよ」

寂しげな笑みを見せた。

「それなら是非次はご一緒に……」

お吟は笑顔で返したが、

「それがですね。亭主は半年前に心の臓の発作で突然亡くなりましてね」

「お亡くなりに……」

お吟は驚いてお稲の顔を見た。

この五日の間、お稲は終始大坂の米問屋の女将然として、朗らかに、何の苦も無いように振る舞ってきたのである。

「私たち夫婦は、倅(せがれ)に嫁を貰(もら)って店を任せて、あとは二人であちこち物見遊山して老後は楽しもう、なんて言っていたんです。手始めにお江戸の紅葉でも見にいこかて……実は、夫と夫婦になったのも紅葉が縁でございまして……」

「まあ……」

お吟は、目を丸くした。

「大坂の、町中にある神社の境内に、お使いの帰りに紅葉を見たくなって立ち寄った時に、夫と知り合ったんです。もう遠い昔の話ですけど……」

かれこれ二十七年にもなる昔の話だ。

お稲は当時嫁入り前の十九歳。神社の境内に入った途端、息を呑(の)んだ。まさに紅葉真っ盛りで、右も左も錦繡織りなす夢の庭のごとし。

ゆっくり歩きながら、色づいた枝を仰ぎ、時折立ち止まって落ちているまだみずみずしい紅葉を拾っていた時だ。

背後から肩に触れられた感じがして振り向くと、

「肩に、ほら……」

見慣れぬ若旦那(わかだんな)風の男が、一枚の紅葉をつまみ上げてお稲に見せて笑った。白い歯が印象的で、お稲をどきりとさせた。

紅葉に夢中になっている間に、お稲の肩に紅葉が一枚落ちて止まっていたようだ。

お稲がどぎまぎしていると、男は近づいて、お稲の髪に紅葉の葉柄を挿した。

「似合うな、よく似合う」

男の褒め言葉に、お稲はうっとりしたのだが、二人はそれがきっかけで逢瀬(おうせ)を重ね、やがて結婚したのだった。

「いいお話……それじゃあ旦那さんも、お稲さんがここでこうして紅葉狩りをしている事を、きっとあの世で喜んでいますね」

お吟は言った。するとお稲は笑って、

「さあ、どうですやろ……お前だけ楽しんで、ずるいわ、て言うてるかもしれまへん。でもうちは、冥土の土産や思て、あちこち見て回って、いつかあの世であの人に話してあげよう思てます。良かったでぇ、面白かったでぇて……」

お吟は苦笑した。

実はお吟も亭主に死なれたと同じようなものだ。亭主は五年前に伊勢参りに行ったっきり行方知れず。

一度伊勢まで捜しに出向いたが、その消息は杳として分からなかった。

亭主が自分の側からいなくなった事だけはお稲と一緒で、だからどんなにお稲が、亭主との思い出を笑い飛ばそうとも、その心の中に時折虚しい風が吹いている事は百も承知だ。

「まっ、亭主の分も、楽しませてもらいますわ」

お稲が明るくそう言った時、

「千成屋のお吟さんですね」

背後から問い詰めるような女の声がした。

「はい」

と振り返ったお吟に、首に箱をぶら下げた女が、鬼のような形相で突進してきた。

「あんたのお陰で、久三さんは人足寄場に行かされたんだよ。覚えているだろ、忘れたとは言わせないよ！」

女はお吟の衿を摑んだ。

その拍子に箱の中から何かが地面にこぼれ落ちた。粟の串団子だった。

側に居たお稲が、拾い上げては埃を払って集めている。

お吟はそれをちらと見て、衿を摑まれた女の手首をぐいっと捻って外し、その手首をきつく握ったまま女に言った。

「あの時の巾着切りの事ですね。私はね、心を入れ替えて新たに出直して欲しい、そう思ったから親分さんに番屋に連れて行ってもらったんですよ。あのまま巾着切りを続けていたら、人足寄場ではすまないんだから」

お吟は、厳しい顔で言った。その言葉には一点のやましさも感じられない。

一月前の事だ。女が言う久三という男は、お吟のお客の懐を狙った。

桑名から倅を捜しにやって来た老人を案内して、両国橋に差し掛かった時だった。

どんっと当たってきた若い男に、老人の懐が狙われたのだ。

お吟はその時、老人の懐に手が入る瞬間を見た。すぐにその男の手をねじ上げて、

老人の財布を取り戻し、

「金が欲しかったんだ、かんべんしてくれ」

泣くように訴える男を、異変を聞いて駆けつけた岡っ引に引き渡したのだった。

その後、男は久三という名で、人足寄場に送られたとは聞いていたが、まさかあの男にゆかりのある女から恨みを買おうとは――。

「あの人とは一緒になったばっかりで、二人で栗の串団子を作って店を持とうって言っていたのに……」

女は泣き崩れた。

「お立ちなさい、そのお団子、みんないただきます」

お吟は言った。

「えっ」

驚いて女はお吟の顔を見上げた。

「そのかわり約束して下さい。私を恨むのはいいけれど、お団子はにこにこして売らなきゃね。このお団子食べたら福にめぐまれますよって、そういう顔で売らないと……笑顔でいればあなたにも福はきっとやって来ます。久三さんも三年のうちには帰ってきます。いいえ、もっと早く帰ってくるかもしれませんよ。それまで、私でよければ相談にのりますから」

「お吟さん！」

女は頭を垂れると肩をふるわせた。

一部始終を見守っていたお稲は、拾い上げた団子を手に女に近づくと、厳しい顔で言い聞かせた。

「あんさん、そんな甘い考えでは、団子売ろうが何をしようが成功することはできまへんで。話聞いてたら、悪いのはあんたの亭主やないですか。お吟さんを恨むなんてもってのほかや。世の中は厳しいんや、ちょっとした出来事でも窮地に立たされるってこと、肝に銘じることやな！」

一夜明けた翌早朝、日本橋の『千成屋』の奥の座敷で、手代の千次郎と與之助を従え、両親の位牌に手を合わせていたお吟が立ち上がると、奉公人の二人も仏壇に向かって一礼して立ち上がった。

「千次さん、與之さん、今日も一日頼みましたよ。どのような助けを求められても、けっして努力もせずに即座に断らないこと。誠心誠意お客様の気持ちに応えること」

お吟がはつらつとした声で二人に告げると、

「へい、承知しております」

二人も威勢のよい声で応える。

するとお吟は、台所の方に向かって声を張り上げた。

「おちよちゃん、お店を開けて頂戴！」

「はあい！」

若い女の声がして、店の土間に走る下駄の音が聞こえた。まもなく、

「いらっしゃいませ！」

早速おちよがお客を迎えている。

お吟も二人の奉公人も急いで店に出て行った。

すると若い女が三人、それと田舎侍が一人、いそいそと店に入って来た。

若い女は、日本橋の口入れ屋からやって来た者たちで、愛宕下にある大名屋敷に臨時の下女中として送り込む女たちだ。

お吟の仕事は、常から出入りしている大名屋敷や旗本屋敷から何かと頼まれることも多く、今回のように人の手が突然いると分かった時には口入れ屋から必要な人数を回してもらっているのである。

お吟は、口入れ屋から回ってきた書き付けを見ながら、

「おしのさん、おのぶさん、おつねさんですね」

名前を読んで念を押し、間違いのないのを確かめると、

「與之助さん、心構えをしっかり伝えて、お屋敷に連れて行って下さいな」

與之助に女たちの身上を書いた紙を手渡した。

「そちらさまは？」

お吟は次に、女たちの後ろで待っていた田舎侍に視線を送った。

「わしは越中(えっちゅう)の国から参った者で佐治(さじ)と申す。番町(ばんちょう)の旗本、松沢清右衛門(まつざわせいえもん)様のお屋敷に参りたいのじゃ。弟が奉公しておるのじゃが、いずれのお屋敷か皆目見当もつかぬ。ここに来れば親切に案内してくれると聞いて参ったのじゃが、頼めますかな」

いかにも途方にくれているらしく、疲れた顔で言う。

昨日今日江戸に着いたばかりなのか、髷(まげ)も衣服も埃っぽい。

「お安い御用です。千次さん、頼みます」

侍の案内は千次郎に頼んだ。

千次郎はすぐに千成屋が作っている武家屋敷の地図を広げて侍に説明し、更に侍を案内しがてら店を出て行った。

お吟は朝一番の頼まれごとを指図し終えると、今度は帳面を広げた。

千成屋の仕事はそれだけではない。

お吟が開いた帳面には、さるお屋敷から頼まれた先祖の墓へのご代参、又ある商家の隠居から依頼されて有名な菓子店へ使いに走るなど、多種多様な用向きが記してある。

時には江戸に参勤交代でやって来た侍が国に帰ったが、江戸の物が欲しくなり、千成屋に買い求めて送って欲しいと言ってくる事だってある。

そんな時も責任を持って品々を購入し、飛脚便で送ってやるのだ。

「お吟さん、宇市です」

一息ついたところに入って来たのは、粉屋の奉公人だった。

「あら、お久しぶり、上新粉、持ってきてくれたのね」

お吟は明るい声で迎えた。

「へい、遅くなりましてすみません。今日はうちの旦那の息子さんのお店までお使いに参りますので、それでこちらに立ち寄りました」

宇市は上新粉の入った紙袋をさし出した。

宇市は浅草の平右衛門町にある粉屋藤七の家に身を寄せている男だ。

藤七の店の粉の挽き方は、蕎麦の粉でも米の粉でも粟の粉でも挽き加減が絶妙で、団子など作るとその良さがよく分かる。

この度は十三夜の月見団子を作るために、早くから宇市に頼んでおいたのだ。

お吟は紙袋の中をちらと見て確かめると、

「ありがとう、美味しいお団子作るから、宇市さんもお月見にいらっしゃいな」

弾んだ声で誘った。

「ありがとうございます」

宇市もにこにこして答えた。

「それはそうと、藤七さんの息子さんの奉公先は、確か四谷でしたね」

お吟が代金を宇市の前に置いて訊くと、

「へい、四谷新宿でございます」

宇市は巾着に代金を納めながら律儀に答える。

「でも宇市さんも偉いわね。藤七さんの仕事を支えているのは、今や宇市さんなんだから」

感心するお吟に、

「私は人捜しのために江戸に参ったのです。縁があって藤七さんの家に置いていただいているのですが、感謝しています。ですから、私の出来ることはなんでも手伝わないと、そう思っておりまして……」

宇市は人がよくて腰が低い。

「そうだったわね、まさか敵を捜している訳でもないでしょうが、忙しい合い間をぬって人捜しをしていると聞いています。早く見つかるといいですね」

慰めのつもりで言ったお吟の言葉に、宇市は「へい」と頭を下げたが、その目が一瞬険しく光ったのを、お吟はこの時気付かなかった。

宇市が出て行くと、入れ違いに初老の男がのっそりと店の中に入って来た。

「繁盛しているようじゃな」

初老の男は元北町奉行所の同心だった人だが、今は倅に跡目を譲って、自身は隠居して暇をもてあましている青山平右衛門という。

お吟の父親丹兵衛が、かつて青山平右衛門から十手を預かり、岡っ引として働いていたこともあり、お吟にとっては今や平右衛門は父親のような存在だ。

「ご隠居さま、昨日もそのようにおっしゃっていたではありませんか」

お吟は苦笑して茶器を引き寄せ、お茶を淹れる。

「なに、亡くなった丹兵衛にかわって毎日わしが店の様子を確かめねばと思っているのだ」

「とかなんとかおっしゃって、退屈なんでしょ、ご隠居さま」

お吟は笑う。平右衛門はお茶を飲みながら店を見渡し、

「千次郎も與之助も出かけたのじゃな」

二人とも、丹兵衛の手下だったから平右衛門も良く知った仲だ。

「はい、みんな今日も忙しくしております」

「そうか、それは良かった。ついてはお吟、亭主の清兵衛（せいべえ）のことだが、その後何か分かったか」

平右衛門は、煙草盆を引き寄せた。

「いいえ、何も……」

「そうか……お吟、酷なことを言うようだが、もういっそ、清兵衛のことなど諦（あきら）めて、誰か気のいい男と一緒になってもいいんじゃないか」

口から煙を吐きながら、ちらとお吟の顔色を窺（うかが）う。

「ご隠居さま、私はもう男はこりごり。おっかさんが残してくれたこの店を大きくする、それが私の夢ですから」

きっぱりとお吟は言った。

「まったくお前は……」

平右衛門は、煙管(キセル)を仕舞うと立ち上がった。

「あら、もうお帰りですか？」

「道場じゃ、まだまだ若い者には負けられぬからな」

平右衛門は立ち上がると、力こぶをお吟に見せ、悠然として出て行った。

かつては神田(かんだ)の小野(おの)派一刀流の道場で、名の知れた剣客だったと聞いている。

――それにしても歳は歳だ……。

お吟は少しまるくなった平右衛門の背を苦笑して見送った。

二

「お吟さん、お味をみていただけませんか」

お吟が店の帳簿を閉じて台所に顔を出すと、おちよが振り返って言った。

千次郎も與之助も独り者で、食事はほとんど千成屋で食べるから、台所を任されているおちよは、いつも苦労をしている。

「何煮てるの……」

お吟は壁に掛けてある前垂れを取り、それを腰に付けながら訊いた。

「里芋とお揚げを煮ています。あとはアジの塩焼き、それとお吸い物です」

「ご馳走(ちそう)ね」

お吟は、おちよが差し出した小皿に載った里芋を口に頰張った。

「あつあつ……でも美味しい」

「よかった、じゃあこれで煮詰めます」

おちよが嬉(うれ)しそうに言ったその時、

「お吟さん、ちょっと……」

店の方から千次郎が顔を出した。

「あら、おかえり。無事、案内できたんですね」

千次郎は今日は三人も旗本屋敷を案内している。最後の案内は本所(ほんじょ)の方だったのだが、

「すみません、両国で女の子を拾ってきちまって……」

千次郎は、ちらと店の方を振り返ると、声を落として言った。

「あれ、夕食一人分増えちゃったのね。千次郎さんは人がいいんだから……」

おちよは、ちょっと膨れてみせる。

「すまねえ、橋の袂(たもと)で泣いていたんだ。放っておけなくてよ」

お吟は、前垂れをとって店に出た。

すると、暮れかけた薄明かりを背に、店の中で旅姿の女の子が、心細そうな顔で立っていた。

十一、二歳の、まだあどけなさが残る丸顔の少女だった。

「おきみちゃんというらしいんだ」

千次郎がお吟に告げると、

「おきみちゃん、この人がここの女将さんで、お吟さんという人だ」

今度はおきみに、お吟を紹介した。

「ご迷惑をおかけします」

おきみという少女は、神妙な顔で頭を下げた。

「一人でやって来たの……このお江戸に？」

お吟は、おきみの前にしゃがんで、その顔を見た。

おきみは、こっくりと頷いて、

「姉ちゃんに会いにきたんだけど……」

今にも泣きそうに言う。

「平塚と小田原の中程にある梅沢ってところから来たらしいんだ。品川までは上方から江戸に向かう女房たちの後ろにくっついてやって来て、今日の昼過ぎに姉さんが奉公している深川の櫓下にある大和屋っていう宿に行ってみたんだが、話もろくろく聞かずに追い出されたというんだ」

千次郎はおきみの顔色を窺いながら、おきみに代わって説明する。

「深川櫓下の大和屋さん……」

お吟は言い、千次郎を見た。

千次郎は黙って苦い顔で頷いた。櫓下とは、深川でも有名な女郎を置く宿が軒を連ねる一帯だ。

「おっかさんが病気で、もう長いことはないって村の藪医者に言われたんです」

おきみは言った。

「藪医者に言われたって……」

少女の正直な表現に、お吟も千次郎も苦笑したが、藪医者であろうと名医であろうと、母親が重い病気になっていることぐらいは分かる筈だ。

「おっかさんは、命のあるうちに姉ちゃんに会いたいって言ってるんです」

おきみが発する言葉は短いが、その一言一言には心が痛む。

ぽつりぽつりと話すおきみの言葉をまとめてみると、父親はとうの昔に亡くなって、五年前まで母親と姉との三人暮らしだったようだ。

だが、猫の額ほどの土地さえも持っていない家族の暮らしは厳しく、おきみの姉のおかよは、十七になるのを待って江戸に出たらしい。

そうして母親とおきみに暮らしの銭を送ってきていたのだが、一年前からそれが途絶えた。

母親は娘に何かあったのではないかと案じていたが、暮らしはだんだん厳しくなって、しかも病に倒れてしまった。

自分が亡くなれば、おきみは途方にくれる。なんとかおかよに現状を知らせることは出来ないものかと思案し、人にも相談し、一大決心をした。

それが、おきみを江戸にやって、姉のおかよを訪ねるというものだったのだ。

「おっかさんは家のお金を集めて、あたしに持たせてくれました」

おきみは話しているうちに心細くなったのか、しくしく泣き出した。

千次郎がため息をついて、お吟に言った。

「集めたという銭も片道の路銀しかなかったらしいんですよ。姉さんに会えば、帰りの分は貰えると思ってやって来たらしいんだが……」

お吟は話を聞きながら、じっとおきみの顔を見ていたが、膝(ひざ)をぱちんと打って立

ち上がると、

「分かりました、これも何かのご縁、この日本橋で『頼り屋』としてなんでも承りますと看板を上げている千成屋です。おきみちゃん、今日はうちに泊まりなさい。明日になったら、もう一度姉ちゃんを訪ねてみましょう。私が一緒に行ってあげるから」

力強くおきみに言った。

翌日お吟は、朝の差配を済ませると、おきみを連れて深川に向かった。

櫓下というのは、門前仲町（もんぜんなかちょう）の火の見櫓のあるところ一帯を指すのだが、ここには表櫓、横櫓、裾継（すそつぎ）などと呼ばれている女郎屋がひしめいている。

大和屋というのは横櫓と呼ばれる辺り、入り堀に掛かる猪ノ口（いのくち）橋を渡ったすぐのところに軒を連ねる女郎宿の一軒だった。

一帯の女郎宿の中では店構えが大きくて、既に宿の前では、やり手婆（てばば）の客寄せが始まっていた。

お吟は立ち止まって、不安そうに前を見ている、おきみの顔を見た。

少し考えると、橋の近くに群がるように出している屋台を振り返った。

蕎麦屋にうどん屋、甘酒屋、団子屋などが見える。

「おきみちゃん、おきみちゃんは屋台でお団子でも食べててくれるかしら、先におばさんが行って様子をみてくるから」

お吟は、おきみを団子屋に預けて、一人で大和屋の店先に歩み寄った。

おきみは姉がまさか男に春を売っているとは知らないだろう。そんなおきみに、女郎たちのしどけない姿を見せるのは辛（つら）い。

「もし」

お吟は、やり手婆に近づくと声を掛けた。

「私は日本橋で頼り屋をやっているお吟といいます。少し教えていただきたい事があるのですが……」

お吟はすばやく、用意してきた小粒を包んだ懐紙を、やり手婆の掌（てのひら）に載せた。

やり手婆は、じろりとお吟の顔を見てから、ひょいひょいと掌を上下に揺すって懐紙の中の重さを確かめ、

「なんだい、難しいこと聞かれても分からないよ」

面倒くさそうに答えた。

「こちらにおかよさんという人が奉公しているんですが」

「いないよ、そんな女は……」

最後まで言わないうちに、突き放すようにやり手婆は言う。

「いない？」

「足抜けしたんだよ」

「足抜け……何時のことですか」

お吟は仰天した。足抜けと言えば後々どんなお仕置きが待っているか分からない。女郎宿にとっては掟破りだ。

「一年前だね。ここじゃあおかよという名は禁句なのさ」

さあ、帰った帰ったと、やり手婆は手を振って横を向く。

「相手の名は……その後のおかよさんの消息は？」

「知らないよ。見つけていたら半殺しだよ」

やり手婆の返事はにべもない。

お吟は、ちらと屋台の方に視線を走らせた。おきみは団子を手に持っているが、食べるのを忘れたように、じいっとこちらの様子を窺っている。

お吟は、あわてて財布から一朱金を取り出すと、やり手婆の手に握らせて言った。

「後生だから教えて下さい。手引きした男の名は分かっているんでしょ」

「しょうがないね、たしか男の名は安兵衛と聞いてるよ」

「住まいは……」

やり手婆は急に辺りを見渡して警戒の視線を走らせたのち、

「あたしがおかよから聞いていたのは、米沢町で足袋を作っている人だってことだけさ」

顔を寄せてきて小さな声で告げ、

「あたしだって若い頃には女郎をやってたんだよ、女郎の辛い気持ちは分かってる。心底好いてくれる男が現れて、身請けしてくれるか、足抜けさせてくれるか、女郎の夢さね。だから今話したことだけは、あたしは女将さんにも若い衆にも話してないんだ。女郎の仁義さね」

やり手婆は、しみじみと言ったのだ。

「恩に着ます」

お吟は、やり手婆の手を、ぎゅっと握ると踵を返した。

すぐにおきみの手を引いて、お吟は米沢町に向かった。

米沢町は両国橋の西に広がる町だ。

まず番屋に立ち寄った。そして米沢町の長屋に、安兵衛という男が住んでいないか尋ねてみた。

「安兵衛という者なら、うちの長屋にいた男だよ」

ちょうど番屋の当番に、安兵衛が借りていた長屋の大家が詰めていたのだ。

「足袋を作っていた人ですよね？」

「そうです。まじめな男だと思っていたのですが食わせ者でしたね。素行の良くない男たちとも付き合うようになって、賭場にも出入りして、出て行く一月前には女を連れて来てね」

「女を！……おかよさんという人ではありませんか」

お吟は、せっつくように尋ねる。

「そうだ、おかよさんと言ったな。でもまもなく大川に浮いていたんです」

「えっ」

お吟は驚いて、おきみの顔を見る。

おきみも目を丸くして聞いていたが、顔色がみるみる変わった。そして大家の前に飛び出して、

「姉ちゃんは何処にいるんですか、まさかまさか……」

あまりの衝撃に、おきみは泣き出した。

おろおろする大家に、

「おかよさんの妹さんなんですよ」

お吟が伝える。

「それは気の毒な……悪いのは、あの安兵衛という男です」

大家は、怒りを込めた顔で言った。

三

おきみはあれから、ふさぎ込んでしゃべらなくなってしまった。

今日も縁側に座って、ぼうっと庭を見ている。

庭と言っても猫の額のような庭で、赤い小菊が植わっている他は、見るべきものは何もない。

おきみはそれでも、みんなに背中を見せて座り続けているのであった。

その背中を眺めながら、與之助が言った。

「せっかく江戸に出て来て、姉さんに会えると思っていたんだからな。気の毒なことった」

「ええ、元気を取り戻したら、與之さん、あの子を母親のもとに連れて行ってあげなくてはね」

お吟は、お茶を飲みながら言った。

「それはいいんですが、千次の奴、身投げのことで何か摑んだんでしょうかね。あいつは親父さんが十手を預かっている時から、厄介な話を持ち込んできたもんです。まったく……」

舌打ちしたところに、千次郎が帰って来た。

「お吟さん、少し分かってきやしたよ。おかよさんは、身投げなんかじゃねえ。殺されていたらしいんだ」

おきみに聞こえないように言う。

「間違いねえのか」

與之助の目が光る。

「米沢町の番屋で、おかよを引き上げて調べたという岡っ引の親分を教えてもらったんだ。あの辺り一帯を縄張りにしている徳三(とくぞう)っていう爺(じい)さんなんだが、あっしが日本橋の丹兵衛の手下だったと話したところ、ここだけの話だがと教えてくれてな……」

千次郎が聞いてきた話はこうだった。

土左衛門が上がっていると聞いた徳三親分は、手下と番屋の小者を引き連れて、大川に船を浮かべて女を引き上げたのだ。

そしたら、女は米沢町の長屋の足袋職人、安兵衛宅にやって来た女だと分かった。

だが既に、安兵衛は一日前に姿を消して行方知れず、知らせるところもないので、回向院まで運んだのだ。

そこで無縁仏として葬るつもりだったが、徳三はふと見た女の首に絞めた痕があるのを見付けた。

女は身投げじゃなかった。殺されて川に投げ込まれたのだと分かった。

疑わしい安兵衛は行方知れず、女の身元も分からぬままで、結局徳三は十手を預かっている同心にお伺いをたてたのち、おかよを不審死として処理したというのだった。

「お吟さん、大家にも話を聞いたんだが、安兵衛てえ野郎は、滞っていた家賃を、女がやって来てから払ってくれたっていうんだ」

千次郎は顔を顰めた。

「そうか、安兵衛という男は、女の金で家賃を払ったんだ。最初から女を欺すつもりだったんだな」

「…………」

お吟は首を傾げた。

家賃の滞りが幾らあったのか知らないが、おかよがその時、大金を持っていたのだろうかと思ったのだ。

「千次さん、ひとつ調べてもらえませんか。長屋にいた頃のおかよさんの事ですよ。少なくても一月あまりは長屋で暮らしていたんですから、隣家の人たちは何か知っているかもしれません」

お吟は、険しい顔で言った。

「分かりやした。任せて下さい」

千次郎が、きりりとした目で頷いた時、店の方で声がした。

お吟が出て行くと、なんとそこには、あの粉屋に身を寄せている宇市が険しい顔で立っていた。

「どうしたんです、何かあったんですか」

怪訝（けげん）な顔で尋ねたお吟に、宇市は走り寄って、

「お吟さん、頼まれてくれないか。あっしを、あの青山の旦那に会わせてほしいん

だ」

「ご隠居に……」

「稽古（けいこ）をつけてほしいんで……」

「稽古というと、剣術のこと？」

「へい、あっしは父親に剣術を教わっていました。江戸に出て来てからは人捜しで時間をとられて、一度も稽古はしておりやせん。腕がなまって使い物にならねえかもしれねえんで……」

お吟は驚いた。

宇市が剣術を習っていたとは初めて聞いたが、今また急に稽古をつけてほしいというのは何故なのか。

お吟は、宇市の血走った目の色にも異変を感じていた。

「宇市さん、何があったんですか……今また剣術を習おうっていうのには何か事情があるのでしょう……常には温厚な宇市さんが、果たし合いにでも行きそうな顔をしていますよ」

「！……」

宇市は、はっとして両掌（りょうて）を頬に置く。狼狽（ろうばい）しているのは間違いなかった。

千次郎と與之助も店に出て来て、宇市の異変に驚いた様子だ。

「青山のご隠居さんに剣術を習って誰かを斬ろうというのではないでしょうね。宇市さん、そんな話のために青山のご隠居を紹介することは出来ませんよ」

お吟は厳しく言った。

「くっ……」

宇市は、下げた両手に拳を作って歯を食いしばる。やがて、

「もう頼みません」

くるりと背中を見せたその時、與之助が土間に走り下りて、帰ろうとする宇市の前に立った。

「お吟さんに話してみろよ、その胸にあるものを打ち明けたらどうだ」

きっと睨む。

宇市はしばらく與之助を睨み返していたが、やがて決心したのか、くるりとお吟の方を向くと、

「皆さんには黙っておりやしたが、実はあっしは、父親の敵をもとめて、この江戸にやって来た者でございまして……」

苦渋の目で告げた。

「その敵が見つかった、そうなんですね」

お吟は、緊張した顔で訊く。

「へい、ようやく居場所を突き止めました。失敗は許されねえ、一太刀で仕留めたい……その思いが募って……」

宇市は、怒りの目で言った。

「聞いていただけますか、あっしの話を……」

宇市は大きく息をつくと、お吟たちに話し始めた。

「あっしは下野国高野に生まれた者でございます。親父は源助と申しまして足袋屋でございました。弟子が一人おりまして……浪人崩れの男で、ふらりと町に入って来て居着いてしまった流れ者です。ところがその男と、恥ずかしい話ですが母親が不義を働きました……」

現場を見た源助は算盤で弟子を打擲した。ところが弟子も薪を摑んで源助に襲いかかり、源助は大けがを負い、二日目に亡くなった。

それを見た弟子は町から慌てて姿を消した。そして源助の妻、すなわち宇市の母親も、いたたまれなくなったのかいなくなった。宇市はわずか十二歳でひとりぼっちになってしまったのだ。

宇市の将来を案じた町の者たちが仲立ちして、まもなく宇市は、百姓の山口才市という者の家に養子に入った。

養子先は裕福で、名字帯刀を許されており、才市は宇市の不幸に同情もし、血の繋がった自分の息子や娘たちと同じように育ててくれた。

心を閉ざした宇市のために、才市は剣術を教えたのだ。

才市は村では有名な剣術好きで、町の道場でも一目おかれる存在だったから、日に日に力を付ける宇市に感心するやら喜ぶやら。

だがこの時宇市の心には、父の敵を討ちたいという思いが醸成されて強くなっていったのである。

やがて二十歳になり、ある大百姓の家に婿入りしてはという話が持ち上がった時だった。

宇市は才市の前に手をついて、父親の敵を討ちたい。噂では江戸で見たと言う者もいる。育てていただいたご恩は忘れはしない。だが、父親の敵を討つまでは、自分のこの先の人生など考えられないのだと訴えた。

養父は腕を組んで考えていたが、その腕を解くと、

「分かった。親を思うお前の気持ち、わしはいい息子を持ったと感心して聞いていた。江戸に行け、行って敵をとって来い」

才市は力強い言葉で後押ししてくれたのだった。

「親父さん、私は百姓です。百姓の敵討ちは認められてはおりません。親父さんに迷惑がかかっては申し訳ない。どうぞ、勘当して下さいませ。親子の縁を切って下さい」

頭を下げた宇市に、才市は、

「馬鹿なことをいうものだな。お前はわしの倅だ。お前が敵を討ったといってお咎めがあるというのなら、父親として堂々と受けてやろうじゃないか」

普段から気骨のある才市は、そう言って宇市を送り出してくれたのだった。

「江戸に出て来て、かれこれ六年、私は、ようやく敵を見付けました」

宇市は、話しているうちに少し冷静さをとりもどしたようだった。

「どこの誰です、その人は……」

「へい、私はたびたび、世話になっている藤七さんの息子さんの新助さんのところに使いに行っています。ところが今日のこと、新助さんが奉公するお店に行く途中の麴町一丁目で、敵を見たのです。あいつは、あいつは、紀伊國屋という足袋屋で奉公しておりました」

「紀伊國屋だと……確かにあの辺りに足袋屋があったな。大きな店だ」

與之助が思い出してそう口走ると、今度は千次郎が、

「すると、そやつは、昔取った杵柄というか、やっぱり足袋を作っていたというのだな」

宇市に念を押す。

「はい、それも手代になっているというのですから……」

宇市の目の色はまた怒りで震えている。

今日にでも討ち取りたいという衝動にかられたが、近々上様がお通りになるというので、町筋を緊迫した空気が包んでいる。役人も出て来て目を光らせている。そんな折に町筋で斬り合い沙汰を起こしてしまえば、町中の者がお咎めを受けるかもしれない。

上様お通りが終わるまでは自粛しよう。宇市はそう思ったのだと言い、

「それならば、待っている間に、忘れかけた剣の腕を思い出したい。それで、お吟さんから話に聞いていたご隠居さんに、私の剣を見ていただけないものかと……」

宇市はそう考えたと言うのだ。

「宇市さん……」

お吟は、大きく息をついてから呼びかけた。

「私はひとつ心配なことがあります。その男が、宇市さんのおっかさんと暮らしているということはありませんか？」

万が一、一緒に暮らしていれば、宇市は母親までも討たなければならなくなるのではないか。

「いえ、それはありません」

宇市は否定した。

「よく確かめた方がいいぞ、なんてったって母親は母親なんだから」

千次郎が言った。

「いえ、それはこの目で確かめています。やつは今一人です。一人で長屋に暮らしています。もっとも、今の長屋に引っ越してきたのは半年ほど前のことだと聞いていますが……」

「名前も昔のままの名を名乗っていたんだな？」

與之助が訊く。

「はい、昔の名前をそのまま名乗っていました。親父の弟子になった時から、浪人崩れと言いながら、名字は聞いた事がありません。ただ、安兵衛と名乗っていました」

「安兵衛！」

お吟は声を上げた。

千次郎も與之助も、まさかという顔をしている。

「お吟さん、おきみちゃんの姉さんを殺したかもしれない男も、安兵衛ですよ。しかも足袋屋……」

千次郎は思わず大きな声を上げた。

「妙な話になってきたが、聞き捨てならねえな……宇市さんの敵も安兵衛、おきみちゃんの姉さんを殺したのも安兵衛、同一人物となりゃあ相当の悪人だ。そうだろ、お吟さん」

與之助は、お吟を促すように言う。

じっと聞いていたお吟が、ついに深く頷いた。

「青山のご隠居には話してあげましょう。ただし、宇市さん、こちらも安兵衛という男については調べたいことがあります。勝手に動かないで下さい。千次さん、與之さん、忙しいのにすまないけど頼めるかしら」

お吟の言葉に、

「何をおっしゃっているんですか、あっしたち二人は、もとはといえば親父さんの手下だった男ですぜ。久しぶりに血が騒ぐというものだ、なあ、千次郎」

與之助は力強く言い、千次郎ときりりとした目で頷き合った。

四

翌日千次郎は、米沢町の長屋に向かった。

安兵衛が暮らしていた長屋は、今は別の者が暮らしていたが、井戸端で洗濯をしていた中年の女房に、

「ちょいと話を聞かせてもらえねえか」

肩越しに声を掛けた。

「なんだい、朝は忙しいんだから」

女房は手を止めて振り返ると、

「あんたは誰……見慣れない人だね」

怪訝な顔で言う。

「あっしですか、あっしは、ここに暮らしていた安兵衛という男に連れて来られたおかよという人の妹に頼まれてやって来た者だ」

「おかよさんの……妹さん？」

女房は驚いたようだった。

「幼い妹が姉を捜しに江戸に出て来ているんだが、ゆく当てもなくて、うちで預かっていてね。おきみちゃんという娘だ」

「あっ、それ！……妹さん。確かに、おきみという妹がいるって言っていたよ」

千次郎はその言葉を受けて、自分は日本橋にあるよろず相談、千成屋の者だと名乗り、店の主の親父さんは元は岡っ引だったんだと、そんな事まで説明して、おきみを預かっている事情を話した。

「大家さんにも聞いたんだが、おかよという人は、大川に浮いていたというんだが、後に調べた岡っ引の話では、殺されて投げ込まれたんじゃないかというんだ。本当のことを知りたくてな。長屋の人たちなら、何かに気付いていたんじゃないかって……」

「ちょいと……」

女房は、千次郎の袖を引っ張って、すぐ近くの長屋の戸を開けて、中に入れと促

すと、路地には誰もいないのを確かめてから、

「あたしもね、いつか誰かに話したいって思ってたんだよ。そうでなきゃ、おかよさんが気の毒だと思っていたんですよ」

声を潜めて言う。

「何か知っているんだね」

千次郎の問いかけに、女房は大きく頷くと、

「おかよさんがここで暮らしていたのは一月ほどだったんだけどさ。安兵衛さんはおかよさんのお金を取り上げてさ、お金が無くなると怒鳴ったり叩いたり」

「聞こえたのか？」

「ああ、聞いてはいられなかったよ」

女房は呆れた顔で眉をひそめると、

「あれは大川で土左衛門になって上がる三日前だ。あんまり長屋の者とは話さなかったおかよさんが、安兵衛さんが出かけたあとで、ほら、あの雪隠に行ったんだよ。そしてその帰りに、あたしに近づいてきてね、あの時もあたしは洗濯をしていたんだけど、私、殺されるかもしれないって言ったんだよ」

「何だって……」

千次郎の顔が、瞬く間に強(こわ)ばった。

「でね、あたし、言ってやったんです。お逃げって……」

「そしたら？」

「哀しげに笑ってた……」

「…………」

「そして、こう言ったんだ。あたしがこんな馬鹿な事をしたばっかりに、田舎で暮らすおっかさんと妹に仕送りできなくなっちまったんだって……その時、妹の名はおきみというんだと、まだ十二歳なんだと……」

「間違いねえ、おきみちゃんの姉さんだ。安兵衛のやつめ、生かしちゃおけねえ。おかみさん、すまねえが、あっしに手を貸してくれねえか。あっしが見付けた男が安兵衛かどうか、そっと見定めてほしいんだ」

千次郎は女房に手を合わせた。

女房が頷くと、千次郎は長屋を飛び出した。

急いで八丁堀(はっちょうぼり)の青山平右衛門の役宅に向かった。

今日は平右衛門に、宇市が剣の腕を見てもらっていると聞いている。

そこにはお吟も行っている筈で、長屋で聞いた話を、一刻も早くお吟に報告した

いと思ったからだ。果たして、

「やー!」

「とうー!」

必死で青山平右衛門に向かって行く宇市の声が門の外まで聞こえていた。

「お吟さん……」

門から駆け込み、裏庭に走り込むと、

「何か摑んだんだね」

縁側で剣術の稽古を見ていたお吟が、千次郎を迎えた。

「へい……」

千次郎は、お吟の耳元に囁(ささや)いた。

その視線の先には、へとへとになってもなお青山平右衛門に打ち込んでいく宇市の姿があった。

「あとは首実検だね」

お吟が、きっぱりと言ったその時、

「今日はこれまでだ!」

平右衛門の声が宇市に飛んだ。

宇市は、どさりと尻餅をつき、あえいでいる。

平右衛門の方はというと、汗こそ首に光っているが軽い足取りでお吟と千次郎に近づくと、案じ顔のお吟に言った。

「相手次第だな。浪人崩れと聞いているが、腕が立つ相手なら危ないぞ。止めた方がいい、宇市にはそう注意したがきかぬ。せめてわしが検使役として見届けて、いざという時には骨は拾ってやる、そう言ってやったのだが……」

お吟は平右衛門の言葉を聞きながら、よろよろと立ち上がる宇市を痛ましげに見た。

「安兵衛という手代は、得意先に呼ばれて出かけているようです」

麹町一丁目の足袋屋『紀伊國屋』の表を掃き掃除していた下女に話を聞いた與之助が、お吟のところに走って戻って来て告げた。

「何時帰ってくるって？」

お吟が聞き返す。

「もうそろそろじゃないかって……」

與之助はそう言うと、お吟と、米沢町の長屋の女房が身を潜めている天水桶の陰から離れて、紀伊國屋の表が見渡せる下駄屋の物陰に身を隠した。

三人は今朝から紀伊國屋の店を張っている。長屋の女房に、安兵衛の首実検をさせるためだ。

與之助が様子を窺ってから更に四半刻（約三十分）、風呂敷を抱えた体格の良い男が店に戻って来た。

「あの男です。安兵衛さんですよ」

長屋の女房は、指を差して告げた。

「ありがとう。助かりました。もう帰っていただいて結構です」

お吟は、一朱金を懐紙に包むと、女房の手に渡した。

「いいんだよ、あたしも、おかよさんの恨みを晴らしてやりたいと思っていたんですから」

女房は遠慮したが、

「お吟さんの気持ちだから……おかみさんも仕事休んで来てくれたんだから」

與之助がそう言うと、長屋の女房はすまなそうに頭を下げた。

「與之さん……」

長屋の女房が帰って行くのを見届けると、お吟は與之助に頷いてから、一人ですたすたと紀伊國屋の店の中に入って行った。

「いらっしゃいませ」

店の者たちが声を揃えて迎えてくれた。店には小僧が一人、足袋を縫っている足袋職人が二人、型を取っているらしい職人が一人、そして足袋を並べている安兵衛の姿があった。

「薄く綿の入った足袋はございますか」

お吟は、足袋の棚を整理していた安兵衛に声を掛けた。

「はい、もちろんでございます」

安兵衛は愛想の良い返事をすると、

「寸法はいくらでございますか」

棚の前から問いかける。その目の色に、油断ならない猛々しいものが潜んでいるとお吟は見た。鷲鼻で唇の色も悪い。

――こんな男に、おきみちゃんの姉さんは……。

ちらとそんな事を頭に浮かべて、

「はい、九文七分くらいです」

さらりと答える。

安兵衛は、いくつか棚から取り出すと、それを手に、お吟の側に来て座った。

「ご覧になって下さいませ。素材や綿の入れ方が少しずつ違っていますから……」

お吟は頷きながら、あれもこれも手に取って見る。

「足の甲が痛くなる方は、こちらの方が良いかと思います。甲が当たるところにたっぷり綿を入れてありますから……」

差し出した安兵衛の手は、ぽってりしていた。この手なら、剣術に長けているとはいえまい。

「やっぱりそうだ、私、どこかで見たと先ほどから思っていたんですよ」

お吟は突然、驚いた声を出した。怪訝な顔をした安兵衛に、

「安兵衛さんと、おっしゃるんじゃありませんか」

お吟の問いに、安兵衛はぎょっとするが、すぐに平静を装って、

「はい、安兵衛です。どこかでお目に掛かりましたか？」

「あらいやだ、深川の大和屋さんですよ」

お吟は、他の者には聞こえないように小声で言う。

「えっ！」

安兵衛の顔が強ばった。

「私は小間物問屋の女将です。大和屋さんには時々なんだかんだと持参しています。何度か見ましたよ、あそこで安兵衛さんを……」

「…………」

安兵衛の目に苛立ちが見える。

「そうだ、おかよさんは、どうしています？」

笑って訊いたお吟に、

「あんたはいったい……足袋の御用以外の話ならお相手はできかねる。お帰り下さい！」

お吟の手にある足袋を取り上げて、押し殺した声で言った。

「ふん……」

お吟は、店を見渡してから、きっと安兵衛を睨み付けると低い声で告げた。

「お前さんは人を二人も殺めている。一人は下野の足袋屋の主、そしてもう一人は、大和屋にいたおかよさん」

「てめえ！……」

安兵衛はつかみかかりたくても、店の者の目が気になって歯ぎしりしか出来ない。

その顔にかぶせるようにお吟は言った。

「たいしたもんだね、お前さんの肝っ玉は……人殺しをしても、こんなところでのうのうと足袋屋でございと奉公しているんですからね。でもね、町奉行所だって目は節穴じゃない。そのうちにお迎えがきますよ、きっと」

お吟はそう言い置くと、平然として店を出た。

五

果たして、安兵衛は翌早朝、旅姿で長屋を出て来た。

木戸を出て来る時には、深くかぶった笠の奥から、鋭い視線を左右に巡らし、警戒している様子が見て取れた。

お吟に脅されて、紀伊國屋でもう奉公は出来ないと、江戸を離れることにしたようだ。

——ふん、お吟さんの思い通りの筋書きになってきたな。

與之助は、安兵衛のあとを尾け始める。

内藤新宿から中山道に向かうのか、はたまた愛宕下に出て品川から東海道に出て行くのか……尾けていた與之助は麴町三丁目を過ぎたあたりで、安兵衛に追いついて囁いた。

「お前さん、誰かに尾けられていますぜ」

するると安兵衛は立ち止まって、ぎょっとした顔を與之助に向けた。

そして後ろを振り返ろうとするのを、

「振り向かない方がいい。抜け道があるからそこで撒けばいい。こっちだ」

安兵衛の不安を煽って横道に案内した。

二人は小走りして草の茂る小道に入った。

ほっとしたのもつかの間、安兵衛の前に、着物の裾を後ろにはしょり、白い鉢巻きに襷姿の宇市が現われたのだ。宇市は今日のために養父から譲ってもらった脇差を腰に差している。

宇市の背後には、千次郎と青山平右衛門の姿も見える。

「だ、誰だ、お前たちは！」

安兵衛が叫ぶと、

「安兵衛だな。私は下野でお前に殴り殺された足袋屋源助の倅で宇市だ。父親の敵、その命を貰いたい」

宇市は、すっと脇差を抜き払った。

　すると平右衛門が安兵衛に告げる。

「わしは青山平右衛門という八丁堀の隠居だ。検使役として参った」

　続けて千次郎が叫んだ。

「あっしは千成屋の者だが、おきみちゃんの代わりに、お前の最期を見届けたい」

　安兵衛は気付いていないが、離れた場所から、お吟がじっと見守っている。

「しゃらくせえ、返り討ちにしてくれる！」

　安兵衛は笠を放り投げると、腰の小刀を抜き放った。

　二人は間合いをとって対峙（たいじ）する。安兵衛は足下を気にしながら、じりじりと動いていたが、次の瞬間、小道を抜けて空き地に走って行った。

　宇市が追った。ところがそれを待ちうけていたように、安兵衛がくるりと向きを変え、走って来た宇市に飛びかかった。

「えい！」

　宇市は力任せに安兵衛の小刀を跳ね返す。そして飛び退いた安兵衛に、今度は宇市が斬りかかった。

　乾いた空き地に、力任せに打ち合う刀の音が不気味に響く。

　やがて二人は、着物の前が乱れ、額から汗を流し、荒い息を吐きながら睨み合った。

「ご隠居……」

千次郎が加勢しようと前に出るが、

「待て」

平右衛門は止めた。

その時だった。宇市が満身の力を込めて安兵衛に斬りかかった。

「うわっ」

安兵衛の刀が宇市の足下を薙ぎ、宇市はそれを避けようとして石を踏んで転んだ。

宇市が起き上がろうとしたところに、上段に小刀を振り上げた安兵衛が、冷たい笑みを頰に載せて迫って来た。

「宇市、石だ！」

平右衛門が叫んだ。

宇市はその声に反応するように、地面についていた手に石ころを摑んで、安兵衛の顔に投げた。

「あっ」

安兵衛の顔に石は命中、安兵衛は顔を手で覆って膝をつく。

「今だ！」

平右衛門の声に、宇市は両手で柄を掴むと、安兵衛に突進し、その胸を貫いた。

安兵衛はうめき声を上げて倒れた。

「とどめだ！」

平右衛門が声を上げる。

「思い知れ！」

宇市は安兵衛の喉をついた。

「見事じゃ」

平右衛門と千次郎、そして與之助とお吟たちが、荒い息をして事切れた安兵衛を睨んでいる宇市に歩み寄る。

宇市は泣きながら懐から亡き父の位牌を出し、

「親父、見てくれ、敵の安兵衛だ……」

震える声で位牌を安兵衛の遺体に向けた。

「宇市さん、お見事でした」

お吟が声を掛けたその時、宇市は位牌を懐に戻し、皆の前に両手をついて頭を下げた。

「皆さんのお陰です。ありがとうございました。皆さんとはこれが最後かと存じますが、あの世に参っても皆様のご恩は忘れません」

そして頭を上げると、平右衛門に懇願した。

「ご隠居さま、私は百姓の身分です。仇討ち免状もいただいておらぬ身です。法度破りのお仕置きを受けるために自首したいと存じます。どうぞ、番屋まで引き回して下さいませ」

宇市の仇討ちがあってから五日が過ぎた。

千成屋の店が開くと、旅姿のおきみと、これまた旅姿に身をやつした千次郎が店から出て来た。

「ちょっと待って」

お吟が追っかけて出てくる。

「おきみちゃん、これも持って帰りなさい。いい薬だから、おっかさんの病が治るかもしれないよ」

お吟は昵懇の医者に、おきみから聞いた母親の容体を話し、貴重な南蛮渡来の薬を調合してもらっていたのである。

医者は、それで治るだろうという見立てだった。

「おばさん」

と言って、おきみはあっと口を押さえてから、

「お吟さん、ありがとうございました。姉ちゃんは亡くなったけど、あたし、このお薬で、きっとおっかさんの病気を治します」

幼い顔に決意が見える。

「大丈夫、きっと良くなるから、おきみちゃん、千次郎兄ちゃんの言うことを良く聞いて無事に家まで帰るんだよ」

お吟は言い聞かす。

千次郎の担ぐ荷の中には、お吟がおきみの母親のためにと用意した治療代と、しばらくの暮らしのための金も入っている。

思いきって千成屋の今月の売り上げをそっくり、おきみに渡してやったのだ。

「千次郎、酒は控えろ」

出て来た與之助が言う。

「ちぇ、與之さんじゃあるめぇし。お吟さん、それじゃあ、行ってきます」

千次郎はおきみを連れて旅立った。

「あの子も家に帰るか……」

店に入ろうとしたその時、青山平右衛門がやって来た。

「ご隠居さま、その後いかがですか」

お吟は神妙な声で訊いた。むろん、宇市がその後、どのようなお仕置きを受けることになったのかと訊いたのである。

「うむ、実はな。北町奉行の榊原様は、宇市を手鎖の上、町内預けとしたようだ」

「まあ、死罪ではなかったのですね」

お吟はほっとして、與之助と顔を見合わせる。

「命の重さは、武士も町人も同じだ。百姓だからと言って仇討ちは御法度、処罰されるというのは不公平ではないか……榊原奉行はそう申されたようだ」

「こりゃあ驚いた。そこまで榊原の御奉行様が情の厚い人だったとはな」

與之助は感心することしきりだ。

するとそこへ、読売の男二人が声を張り上げて通り過ぎる。

「今日の読売は、五日前に起こった足袋屋安兵衛討ち取りの話だ、さあ買った買った」

一人が声を上げると、もう一人が、

「御奉行様も粋な落着をなさるものだね。安兵衛の首をとった宇市に、こう申し渡したそうだ。復讐の存念にそうらわば、地頭にも訴え出るべきところ、その儀もなく、不届きにはそうらえども、親の仇討ちには間違い無く、地頭山田三十郎家来に引き渡すという……さあ、仇討ちの詳しいことは、ここに書いてある。買った買った！」

威勢良く声を張り上げて通り過ぎる。

読売の二人は、日本橋の高札場の側まで移動していくようだった。

その場所には、常に人だかりが多く、読売がよく売れる。

「ご隠居さま、地頭の山田三十郎とは……」

「下野の宇市の故郷の地頭だ。御書院番池田甲斐守様の組下で宇市の生国の地頭になっている者だ」

「すると、その地頭に引き渡されたあとは、どうなるのでしょうか」

お吟の心配はつきない。

「安心するがよいぞ。わしはひそかに今後のなりゆきを聞いておる。むろん、無罪放免となる筈じゃ」

「よかった……」

お吟は、胸を押さえて笑顔になった。

とそこへ、

「ごめん、ちと尋ねたい」

恰幅（かっぷく）のよい武士がやって来た。

「どのような事でございますか」

與之助が腰を低くして訊く。

「いや、実は国元の女房に、駿河屋（するがや）の呉服を買って送ってやりたいのじゃが、男のわしではどうもな。どのような物を買えば良いものか迷って決められぬ。一緒に行って助けてもらいたい」

「承知しました。早速参りましょう」

お吟はにこにこして答える。そして平右衛門に、

「ご隠居さま、今夜お月見をいたします。夕方もう一度お出かけ下さいませ。宇市さんから買い求めた上新粉でお団子を作りますから……」

と、神妙な顔で頷く。

今夜は十三夜のお月見だ。

宇市から買った粉で作った団子を供えて、宇市の無事を祈るつもりでいたのであ

る。

「十三夜だな。すると何か、今はお茶もいただけないのか」

平右衛門は不満そうだ。

「おちょちゃんか、與之さんに淹れてもらって下さいな」

「薄情な奴め、そうだ、わしもおまえと一緒に参ろう」

「ご隠居さま！」

お吟は、ぎゅっと平右衛門を睨んだ。

その夕刻、千成屋では平右衛門も参加して、十三夜の月を仰いだ。

台には上新粉で作った団子が供えられ、栗も供えてある。

満月に比べると十三夜の月は少し欠けているというのだが、お吟の目には、さしたる違いは分からなかった。

——宇市さんは、どんな思いでこの月を眺めているのだろうか……。

月見に誘った宇市の姿はここにはない。上新粉を持って来た時に、宇市はにこにこして応じていたが、これまで月を眺める余裕など無かった筈だ。

わが命を捨てても父の敵を討つのだと、その一念で生きてきた宇市のこれまでの人生を考えると、お吟は胸が痛くなった。

ほたる茶屋

一

「ああ、きれい、源氏蛍かしら……」

おみつという女は感嘆の声を漏らした。

神田川の水際から土手の上に茂る青草の上で、あちらでもこちらでも、ぴかり……ぴかり……と幻想的な光を放って蛍が飛んでいる。

側に寄り添って立ったお吟は、おみつの横顔に微笑んで相槌を打った。

「ええ、そうですよ。この早い頃の蛍は源氏です」

二人が今立っているのは、神田川に架かる新シ橋の上だ。そしてこの橋の南袂には『ほたる茶屋』と呼ばれる茶屋が建っている。

　お吟は橋の上でしばらく蛍が飛び交う様を眺めたのちは、今度はほたる茶屋に移動して、存分に観賞するつもりなのだ。

　息を殺して橋の上に立っていると、月夜の神田川の単調で透明な川の流れが耳朶(じだ)に響き、湿り気のある空気が辺り一帯を包んでいるのが分かる。ここはこの世の憂さを晴らす別天地なのだ。

　お吟はこの夜、早々に夕食を済ませると、三日前から江戸見物の案内をしている会津(あいづ)の商家の女房でおみつという人を誘い、日が落ちるのを見計らってやって来たのだった。

　お吟はこの柳原(やなぎわら)土手に蛍が舞う頃になると、毎年必ず一度は来る。一人で来ることもあるし、今日のように江戸見物のお客を連れて来ることもある。

　今日連れて来たおみつという女房は、江戸での商談にやって来た亭主にくっついて物見遊山にやって来た人だ。

　宿は商談先の日本橋にある諸色問屋(しょしきとんや)の『武蔵屋(むさしや)』で、お吟の店の千成屋とは目と鼻の先、連れ立って出かけるには頃合いの近さで、昨日のうちにほたる茶屋には予約を入れておいたのだ。

予約をしておかないと、茶屋の中の床几も、わずかばかりの上げ床の座敷も、あっという間に満席になる。

「おみつさん、あのお店に参りましょうか」

お吟はおみつを誘って橋を下り、南袂に建つ茶屋に入った。

「あら、お吟さん、いらっしゃいませ。お待ちしていましたよ」

ほたる茶屋の女将で、四十過ぎの品のある女が出迎えてくれた。

店の中は土手側の障子などは全面取っ払っていて、蛍が観賞しやすいようにしつらえてある。見晴らしは満点だった。

店内を見渡したところ今夜も盛況で、お吟が頼んでいた上げ床の座敷がひとつ空いているだけだった。

この店では、灯りは極力抑えてある。蛍を驚かせないようにとの気配りと、また観賞の効果も狙ってのことだ。

お客たちは皆、薄明かりの中でお酒や甘酒や、麦湯やお茶などめいめいが好きな飲み物を頼み、また酒のつまみや団子なども楽しんでいるのだが、その目は一様に河岸地や土手の草むらに向けられている。

たいした料理が出る訳でもなく、立派な座敷がある訳でもない。

だが全て予約の必要な茶屋の座席は、予約金だけでも一席金一朱（いっしゅ）と小さな茶屋にしてみれば高額といえるだろう。それでも、風流を楽しみたいと思う人々の予約は絶えることはないようだ。

「こちらです……」

茶屋の女将は、二人を上げ床に案内した。これで茶屋の中は満席になったようだ。

「また今年も来てしまいました。女将さん、この方は会津の物産品を扱っている問屋さんの女将さんで、おみつさんとおっしゃる方です」

お吟は微笑んで会津からやって来たおみつを紹介した。

「まあ、すると、会津漆器とか会津の絵蠟燭（えろうそく）とか……」

女将が問いかける。

「よくご存じで、はい、その通りです」

おみつは、商人の女房らしく愛想の良い顔で答えた。

お吟は次に、おみつにほたる茶屋の女将を紹介した。

「この茶屋の女将さんで、おふささんです」

「あら、私の友達に、おふささんて人がいるんですよ」

偶然知った人の名前と一致して嬉（うれ）しかったのか、おみつは声を殺して笑った。

ここでは大声は出せない。そんな野暮なことをすれば、店から追い出されるやもしれぬのだ。

おみつもおふさも、お吟の紹介を受けると、互いの視線を見合わせて黙礼した。酒を酌み交わしている者たちでさえ、他の店で飲む時のような、酔っ払って大声を上げたり笑い転げたりすることはけっしてない。

皆が皆、予約した席に座り、静かに蛍の光を追い、心が満たされると帰って行く。ほたる茶屋は、そんな茶屋だった。

「甘酒でよろしいですね」

おふさは、小さな声で尋ねると、奥に引っ込んだ。

お吟とおみつは肩を寄せ合うようにして、土手の草むらの上で線を描いては消える蛍の光をしばらくじっと眺めていた。誰と一緒に眺めようが、ここでは言葉はいらない。

眺めているうちに、じわりと切なさで胸が満たされてくる。生きとし生けるものへのいとおしさが膨れあがってくるのである。

「どうぞ、ごゆっくり……」

おふさは、甘酒を持って来て二人の前に置くと、ちらと土手の草むらに視線を走

らせ、

「お吟さん、私の実家も川の近くにありましてね。これと良く似た光景を、毎年見て育ちました。この場所に最初に立った時にそれを思い出して、ここで茶屋をやろうって、そう思ったのがこのお店のはじまりです」

おふさは、小さな声でしんみりと告げ、

「何か召し上がりたいものがあればお申し付け下さいませ」

丁寧な言葉を掛けて離れて行った。

その時だった。店の入り口に若い男が立った。

「女将さん……」

若い男は震えた声で、おふさを呼んだ。

——あれは、確かおふささんが使っているこの店の若い衆……。

とお吟が気付いて見遣(みや)ったその時、若い男がぐらりと倒れ込むように膝(ひざ)をついた。

「幸助(こうすけ)……」

おふさが走り寄っている。

お吟もおみつに目で知らせると、すぐに土間に下りて二人の側に近づいて行った。

「大丈夫ですか」

おふさを手助けして、幸助が立ち上がるのに手を貸した。

「いったい何があったのです。泥まみれじゃありませんか」

おふさは驚いて言い、お客の目に触れないように板場に幸助を連れて行く。

幸助の青縞の着物には土がついているのが夜目にも分かった。また額や唇にも裂傷があり、血を拭ったあとが見える。どうやら喧嘩でもしてきたらしい。

「お客さんは大勢だし、この忙しいのにいったいどこまで行っていたんです……おつかいの時間が長いから心配していたんですよ」

おふさは叱った。だが、その叱り方は、幼い子を諭すような色合いがあった。

「すみません。女将さん、何も言わねえで、あっしに暇を出してやって下さいやし」

幸助は言った。

「突然何を言っているの……何かあったのね」

おふさは、幸助の肩を揺すって訊く。

「申し訳ねえ。あっしのことはもう放っておいて下さいやし」

幸助は、突然土間に膝をついた。

「申し訳ねえ……放っておいてくれって、それだけ言われても分からないでしょ」

おふさは、つい声を荒らげた。

「すみません。この通りです」

幸助は唇を噛んで両手をつく。

愕然とした顔で、おふさがお吟の顔を見た。

お吟も放ってはおけなくなって口を挟む。

「幸助さん、こんなにお店が忙しい時に、訳も言わないで暇をくれというのは虫が良すぎるのではありませんか。おふささんが幸助さんのことを、どれほど親身になって面倒をみてきたか、端から見ていた私にも分かりますよ。それがいきなり店を辞めたいって、あんまりじゃありませんか」

甘ったれているのではないか……今時の若い衆はと、さして自分と歳の違わぬ幸助に微かな憤りを、お吟は覚えた。

だが幸助は、

「分かっています。身にしみて分かっておりやす。だからこそお願いしているのでございやす」

必死の顔でお吟を見た。

「！……」

お吟はその顔に、尋常ならざる何かが起きていることを悟った。

驚いた目で、おふさと顔を見合わせた。幸助が軽々しい気持ちで言っているのではないと思った。

「女将さん……」

幸助は今度は、まっすぐおふさの顔を見て言う。

「この世で一番お世話になった女将さんに、恩を仇で返すようで詫びようもねえんですが、あっしにはこの店はつとまらねえ。そう思ったんでございます」

「この店はつとまらねえって、おまえは……」

歩み寄ろうとしたおふさに、

「すまねえ、女将さん」

幸助は、力を振り絞って立ち上がり、

「どうか、達者でいて下さいませ。あっしは、遠い御空の下で、このお店の繁盛と、女将さんの幸せを祈っておりやす」

おふさの手を振り切るようにして、幸助は外に出て行った。

「幸助、お待ちなさい……」

おふさも後を追っかけて外に出るが、幸助は振り向きもせずに闇の中に消えていった。

「なんてことなの……」

おふさは呟くと、

「女将さん……」

側に立ったお吟に言った。

「お吟さん、力を貸していただけますか。お願いします。あの子を、幸助を、放ってはおけません」

「ほたる茶屋で店を手伝っていた幸助という者に覚えはないかって……聞いたことはないいな」

青山平右衛門は、旨そうにお茶を飲んでいたが、幸助の名前に覚えはないと首を傾げた。

平右衛門は元は北町の同心だった男で、お吟の父親が十手を預かっていた旦那である。

今は年老いて跡を倅に譲り、毎日暇つぶしに千成屋にやって来ては、お吟が淹れたお茶を飲み、世間話に耳を傾けるのが日課になっている。

その平右衛門に、お吟は幸助の名を告げてみたのだ。何か事件がらみで、幸助の名を聞いたことはなかったかと……。

それというのもお吟は以前から、ほたる茶屋で働く幸助に何か暗い過去があるように感じていた。

おふさの薫陶でお客への対応も丁寧だったが、ふとした時に見せる幸助の顔には、屈託なく育った若い青年には無い暗い翳りがあったからだ。

それは、女将のおふさが、茶屋の女将とは思えぬ品の良さをまとっているのとは対照的だった。二人の組み合わせには少し違和感を抱いていたのだ。

なにしろほたる茶屋は、女将のおふさと、初老のお吉という身寄りの無い女と、幸助の三人で店をやっている。

買い出しや外への使いに若い者が必要だというのは理解出来るが、奉公人二人のうちの一人が幸助なのだ。多数いる奉公人のうちの一人が少し違和感を覚える者だというのなら分からないこともないのだが、一人一人の働きが大きな役割を担っている店で、幸助のような人を何故雇い入れたのか不思議だったのだ。

なにしろこの江戸には、働きたくてもなかなか働き口の無い人がごまんといる。

そんな輩は日傭取りで糊口を凌いでいるのである。

おふさの店だったら、そういう人たちの中から、幸助より感じの良い人をいくらでも雇える筈だ。

お吟の胸にあったそんな疑念は、昨夜のおふさと幸助のやりとりで、ますます深くなったのだった。

ただ、おふさはお吟に、幸助の周辺に何が起こっているのか調べてほしいと頼んできた。お客がいて長話は出来なかったが、どうやらおふさは、幸助の身上をすべて知った上で雇っていた訳ではないらしい。

そこでお吟は、平右衛門の同心だった頃の記憶を借りようかと考えたのだ。

「ご隠居さま、実は、昨夜のおふささんの話では、幸助という人は身寄りの無い前科持ちなんだそうです」

「何……いったい何をやらかしたのだ」

平右衛門の目が光る。

「おふささんは、それは知らないようです。前科持ちというのは、幸助さんがあの店に現れた時に、自分の口から言ったそうなんですが、詳しくは聞かなかったと言っていました。なにしろほたる茶屋にやって来た時には、幸助さんはやせ衰えて今にも倒れそうで聞くのも酷な気がしたっていうんですから……」

「ふむ、すると、あの茶屋の女将は、前科持ちを承知で雇っていたというのだな」

平右衛門は言い、確めるような目をお吟に向けた。お吟は頷くと、

「ご隠居さま、昨夜おふささんは、この話はこれまで誰にもしたことはなかったのだと、そう前置きして話してくれたんですが……」

昨夜おふさから聞いた話を始めた。

それは二年前の、丁度蛍の飛ぶ時季だったという。

ほたる茶屋に倒れ込んで来た幸助は、薄汚れて、衰弱して、それは明日の命も危ないような状態だったそうだ。

おふさは驚いて部屋に上げ、お吉に手伝わせて手当てをし、ご飯を食べさせたのだ。

幸助は、見る間に元気を取り戻した。

おふさが頃合いをみて事情を聞いてみると、幸助は自分は天涯孤独の前科持ちで、どこも雇ってはくれない。相手にしてくれるのは、同じような人生を歩む危険な者たちだけだ。そのような者たちとつるめば生きていけるだろうが、自分はもう二度と悪の道には戻りたくない。そう言って、おふさの前で、声を上げて泣いたという。

元気になったら、この茶屋から出て行ってもらおうと考えていたおふさの気持ちが変わったのは、この時だったようだ。

幸助を自分の手でなんとかしてやることは出来ないか、そう考えた時の気持ちを、おふさはこんな言葉で、お吟に言ったのだ。

「お吟さん、私はね、その時幸助を見ていて思ったのです。このまま追い返したら悪い道に逆戻りするんじゃないかと……幸助も泣きながら『働きたくても雇ってくれる所がどこにもねえ。家に帰ろうにも親兄弟もいねえんだ。女将さん、悪いことはしちゃあいけねえが、一度やっちまったら、もう誰も相手にしてくれねえんでしょうか』と……。またこうも言いました。『俺はもう一度やり直したいんだ……それでさまよっていた』と……。幸助は真剣な目で訴えました。幸助の真剣な顔を見て、私もほっとけなくなって雇ったんです。不安はありましたが、すぐにそれは杞憂に終わりました。あの子は良く働いてくれました。これまで一度だって不服や愚痴を言ったことはありません。ここで働くことを喜んでいたのです。その幸助が、暇を欲しいだなんて。お吟さん、すみませんが、あの子を、いえ、幸助に何が起きているのか、調べていただけないでしょうか」

おふさはまるで血の通った倅を案じるような顔で、お吟に頼んできたのだった。

「ご隠居さま、それで私も引き受けてきたという訳なんですが、もしやご隠居さまが何かご存じなら教えてほしい、何かこれまでの事が分かっていれば動きやすい。

そう思ったものですから……」

お吟は、思案顔の平右衛門を見た。

「よし、分かった」

平右衛門は即座に言った。

「わしも少し調べてみよう」

いつもと違って、なんとも頼もしい声だ。

「良かった。ご隠居さま、よろしく」

にこりと笑って頭を下げたお吟に、

「お前さんに頼まれては断れぬよ」

はっはっはっと平右衛門は笑うと、

「もう一杯くれ」

お茶のおかわりをした。

するとそこに、朝からお客の用事で出かけていた與之助と千次郎が帰ってきた。

「これはご隠居、毎度お運びいただきやして」

千次郎がおどけて言う。

「お前、嫌みか……わしだって大いに役にたつことだってあるんだ」

平右衛門が言い返す。

「もちろんです。青山のご隠居は、お吟さんにとっては、おとっつあんのような存在です。毎日顔を見せていただくだけで、お吟さんは喜んでおりやして」

「お前、随分世辞がうまくなったじゃないか」

「へい、こりゃどうも」

頭を掻いて、千次郎はお吟の顔を見た。

「千次郎、すまないけど、しばらく夕刻からほたる茶屋のお店を手伝ってほしいんだけど、どうかしら。幸助さんが突然お店を辞めたことは話しましたね。今かき入れ時なのに手が足りないらしくって、誰かいい人はいないかって訊かれたんですよ。そりゃあ口入れ屋に話を通せばすぐに人は見つかるだろうけど、幸助さんのことで気に掛かることもある。私としてもあのお店から目が離せない。だったら千次郎か與之助が店に張り付いていてくれれば、こちらの調べの手助けにもなると思って」

「承知しやした。お任せ下さいやし」

千次郎は歯切れの良い返事をした。

「ただし、お前はお酒を口にしないように」

お吟は念を押す。

「女将さん……」

弱々しい笑みで牽制(けんせい)する千次郎に、

「お前は底なしだからね、お酒については……この仕事、単なる店の手伝いではないんだから、酔っ払っては困るんだよ」

「お吟さん、あっしを信用してねえんですかい。大船に乗ったつもりでお任せを」

千次郎は笑って強がった。

次にお吟は、與之助に言った。

「それから與之さん、お前さんは幸助の居場所を探って頂戴(ちょうだい)。長屋は馬喰町(ばくろちょう)、源治郎店(げんじろうだな)。一刻も早く見つけて、話をしてみたいんです。いいですね」

念を押すと、二人は快活な返事をして再び出かけて行った。

「いい手下だな。お吟、いっそお前さんに十手を預けてみたいもんだね」

平右衛門は、にやりとする。

「ご隠居さま、冗談がすぎます」

お吟が笑って返した時、

「ごめん」

初老の武家が入って来て言った。

「よろずなんでも承るという店だと聞いてきたんだが……」

二

「拙者は膳所藩士、参勤で参りました者で、名を三崎庫之助と申す」

初老の男は言い、屈託を抱えた顔でお吟を見た。

「私はお吟です。この店の女将でございます。それで三崎様は、人捜しを頼みたいと先ほどおっしゃいましたが、お捜しの方と三崎様はどういうご関係なのでしょうか」

お吟は、お茶を勧めながら訊いた。

「それが……」

三崎庫之助は、部屋の隅でこちらを見守っている青山平右衛門が気に掛かるようだった。

「ご心配なく。あちら様は元同心だったお方です。亡くなった父が十手を預かっておりました。今は隠居なさっておりますが、私どもには何かと助言を下さいまして。話によっては、三崎様の御用向きにも大いに力をいただけるものと存じます」

お吟は、少し平右衛門を持ち上げたかなと内心苦笑したが、三崎庫之助には信用してもらって、何でも話してもらわねば成果を得ることは難しい。

「それは心強い」

案の定庫之助は即座に膝を打った。平右衛門が元は町奉行所の同心だったと聞いて安心したようだ。

庫之助は、ちらと平右衛門に視線を投げて礼をした。そして改めてお吟に向くと、

「捜し人は、妻です。それも前の妻です」

憂いのある目で、じっと見た。

「前妻の方を……」

意外だった。前妻というからには、今の妻も居るはずではないのか。驚いて聞き返したお吟に、庫之助は頷くと、

「名は富美（ふみ）と申す。十八年前のことです。事情がありまして富美は家を出て行きました。実家にも知らせずに膳所から姿を消したのです。私もいろいろと手を尽くして捜しましたが城下では見つかりませんでした。その後、妻の実家とも相談して富美がいなくなってから三年目に離縁という形を取りました。私も新しい妻を迎えて、かれこれ十五年、こたびの参勤を終えれば倅に家督を譲って隠居しようかと考えて

いるところです。ところがつい先頃、富美によく似た人を見たという者がおりまして……」

「それはこのお江戸で、ということなんですね」

お吟も神妙な顔で訊く。

「はい、そうです。この日本橋界隈だと聞いております」

「………」

お吟は、じっと考える。案じ顔の庫之助の顔をちらちらと窺っていたが、

「三崎様、十八年もの長い間会っていないとなると、正直これはなかなか難しいと存じますよ。女は十八年経てば、昔の面影がない場合だってあるのです。歳は取っていますし、皺もあれば体型も違うでしょう。それに暮らし向きの違いで、すっかり雰囲気が変わっている人だっています。二、三年のことなら案ずることもございませんが、十八年です。哀しいかな、女の老いは早い。もしお元気でいらっしゃるとしたら、今おいくつなんでしょうか」

お吟は言った。

「四十路に入ったところで、四十三かな。私とは八つ違いでござった」

「四十三ですか……」

四十三ならまだ昔の面影は顔にも残っている筈だと、お吟は頭の中で知り合いのその年頃の女の顔を思い浮かべてみる。

だが、やはり難しいことに変わりはない。

「何か特徴がございますか。黒子(ほくろ)があるとか、顔の造作の特徴ですが……」

「特徴……」

お吟の問いに庫之助はしばらく思い出をたぐり寄せていたようだが、

「今もあるかどうか……うなじに黒子がありましたな」

昔が蘇(よみがえ)ったのか、きっぱりと言う。

「うなじに黒子ですか」

「色の白い人でしたから目立っていました」

「分かりました。手を尽くしてみます。ただ、三崎様が江戸にいらっしゃる間に見付けることが出来るかどうか……雲を摑(つか)むような話ですから、ご期待に添えないかもしれません」

お吟は言った。すると、

「見付からなければ私も諦(あきら)めます。お恥ずかしい話ですが、人は晩年を迎えると心残りを無くしておきたいと考えるものです。主家にご奉公している間は人捜しなど、とうていままなりませんが、私もまもなく隠居の身、富美の安否、もし息災ならどこでどうしているものやらと、頭から離れない始末でして……」

お吟は頷いた。そして、

「それと、これは伺いにくいことなんですが、あえてお尋ねいたします。家出の原因は何だったのでしょうか」

庫之助の目をとらえて言った。

「私が富美を疑ったからです。私の母親ともうまくいっていなかったのだが、その母親から富美が家来の与次郎という者と不義をしているのではないかと聞き……」

「不義を？」

「家来の与次郎が富美に渡した恋文を、母が富美の部屋で見付けて疑ったのです。ですが富美は否定しました。母に問い詰められた与次郎も翌日瀬田川で自害しているのが見つかりました。ただ、与次郎は、こたびのことは、ただひとえに自分の独りよがり、お内儀さまは困り果てておられましたという遺書を残しております。恋文の日付も三日前のものであり、私も富美が不義を働いたとは思えませんでした。富美は、家来が自害したことで苦しんだのだと思います。翌日には黙って家を出て行ったのです。離縁して下さい、そう書き残して……」

庫之助は、苦渋の顔で告白したのだった。

平右衛門は、静かに立って庫之助の前に座ると、

「貴殿の気持ちは良く分かりますぞ。歳を取ると憂いのないようにしておきたいと思うものだ。やり残したことはなかったのかと……。わしも妻を亡くしているが、今頃になって、もっと寄り添ってやれば良かったと反省している。貴殿の話は人ごとではない。及ばずながら庫之助殿、わしも尽力するぞ」

平右衛門はいつになく熱のこもった声で言った。

馬喰町の長屋、通称源治郎店と呼ばれている路地に與之助が入ったのは、その日の七つ（午後四時）頃だった。

お吟に言われて、すぐにこの長屋にやって来たいと思ったのだが、昨日頼まれていた用事がひとつあったのだ。

番町（ばんちょう）の旗本のご隠居から、屋敷の者には内緒で、日本橋新和泉町（しんいずみちょう）にある虎屋（とらや）の蒸し饅頭（まんじゅう）を買って来てほしいという仕事だった。手間賃は子供の小遣い程度だが、お吟は家族に内緒で食べようとしているご隠居に同情して引き受けてしまったのだ。

與之助は、その用事を急いで済ませてから、この長屋にやって来た。

　すると路地には人の影もなく、幸助が住む部屋はどれなのか尋ねることも出来ない有様。

　半刻（約一時間）もすれば路地に人も見えるだろうと待っていると、まもなく外から女房が帰って来た。

　食料を買いに出かけていたのか、抱えている籠には野菜も見える。

「ひとつ教えてほしいのだが……」

　與之助は、幸助の家を訊いた。すると女房はすぐに、

「もうこの長屋にはいないよ」

　そう言ったのだ。

「何、引っ越して行ったのか」

　與之助は驚いて聞き返した。

　幸助がおふさの店を辞めたいと言ったのは昨夜のことだ。まさかもう引っ越すとは考えてもみなかったのだ。

「昨日のうちに引っ越しちまったのさ」

　女房は抱きかかえている籠を、よいしょと一度揺すった。味噌の香りもぷんとする。

「いろいろ買ってきたんだな。持ってあげるよ。家はどこだい？」

與之助は手を借そうとした。荷物を運んでいろいろ聞き出したいという魂胆だ。

だが、

「いいよ、十歩も歩けば家なんだから。そんなこと言って、あたしに何か聞きたいんだろ？」

女房はにやりと笑った。與之助の考えなどお見通しのようだ。

「参ったな、いや、その通りだ。お前さんは聞いていたかどうか、幸助さんは神田川の、ほたる茶屋という店に勤めていたんだが、急に店を辞めると言い出したようだ。そこで女将さんが心配して、何があったのか調べてほしいと頼んできたんだ」

與之助の説明に、女房は頷いた。そして、

「聞いてるよ、女将さんのことはさ。いつも感謝していたんだから。恩人だって……ここの長屋に住めるようになったんだって、女将さんが後ろ盾になってたからなんだから」

女房は荷物を家に運び込みながら言った。

「そうか、感謝をな」

與之助は、戸口の障子戸にもたれかかるようにして言った。

「だけども」

女房は荷物を上がり框に下ろすと、與之助が立っている戸口まで出て来て、

「半月前ごろだったかしらね。妙な連中がやって来るようになったんだよ」

案じ顔で女房は言う。

「妙なってどんな？」

「悪い連中さ。おっかない目をして、顔を合わせたら殺されそうだって、みんな恐れていたんだ」

「そいつらの名前とか、人相とか、覚えているかい？」

與之助は注意深く訊いていく。こんな時になると、かつてお吟の父親の手下として御用を務めていた頃のことが蘇り、妙にぴりりと気分も引き締まるのだ。

與之助の問いに女房はしばらく考えていたが、むこうの長屋から出て来た女を、大声で呼んだ。

「おしげさん、おしげさん、ちょっと来ておくれよ」

呼ばれた初老の女は、興味津々の顔で小走りして来た。

「おしげさんの部屋はね、幸助さんの隣だったんだから」

與之助に説明してから、おしげに「たちの悪そうな男たちの名前とか人相とか、

覚えていたら教えてやっておくれよ」そう言ってくれたのだ。すると、おしげという女は、恐ろしげな顔を作ると、

「壁一枚だから聞こえたんだよ。幸助さんは脅されていたんだ。金を持ってこいとか出せとか、そうそ、女将のひとりぐらい、どうにでもなるとか」

「何……」

「幸助さんは断っていたけど、そのたびに叩かれていたんだよ。どすん、ぱちんて、聞こえてくるんだもの。あたしも亭主も怖くてさ、助けにも行けやしない」

「そうか、そうだったのか……で、名前とか分からないのかい」

與之助は、おしげの顔を見る。

「一人は益五郎と言っていたような。そしてもう一人は……そうだ、民三だ」

おしげは、ぱちんと手を打って言った。

「ありがてえ、それで人相は覚えていないかい？」

與之助は、如才なく訊いていく。

「一人は頭つんつるてんの乞食坊主の形だった。もう一人は茶色の縞の着物を着ていたけど、こっちは目が鋭くって、そうだ、頬に大きな傷がありました」

おしげの話が終わるのを待って、女房が言った。

「幸助さんは一所懸命頑張っていたんだよ。女将さんの期待に応えるんだって。それなのにあんな連中につきまとわれたら終わりだよ。お兄さん、幸助さんを助けてやって下さいな」

與之助は頷いた。

――今助け出せば間に合う。

與之助はそう思った。

三

おみつが会津に帰ると知らせて来たのはまもなくのこと、お吟は千次郎と一緒に諸色問屋の『武蔵屋』に向かった。

結局七日間ほど江戸案内をしたことになる。手当も過分に貰(もら)っていたし、せめて見送りにと思ったのだ。

おみつは武蔵屋の前に旅姿で夫と並んで立ち、見送りに出て来た店の者たちから挨拶(あいさつ)を受けていた。

お吟の姿を見付けると嬉しそうに手を挙げて呼び、

「お世話になりました。今度参りました時にも、案内をお願いします」

丁寧に頭を下げて、

「私、あのほたる茶屋が一番気に入りました。まるで、蛍の宿ではありませんか」

目を輝かせて言う。

すると夫の庄兵衛という人も、お吟に礼を述べ、

「私も今度は誘っていただきたい、是非にも……」

温厚そうな目でお吟を見た。

「では……」

二人は武蔵屋の店の者や、お吟たちに深く頭を下げて別れを告げると、手代二人を供にして、振り返り振り返り帰って行った。

おみつは武蔵屋の人たちに、お吟の江戸案内を褒めちぎったのか、武蔵屋の主は、視界から庄兵衛おみつの姿がなくなると、

「たいへん喜んで帰られました。これもお吟さんのお陰です。今後うちに商談でみえる皆さんには、是非お吟さんに江戸見物の案内をお願いしたいと考えています。その折にはよろしく」

微笑んで言ってくれたのだ。

武蔵屋は大店だ。仲買人や庄兵衛のような取引先の人などが常に滞在している。武蔵屋がそういう人たちにも紹介してくれるというのは、千成屋にとっては先々の繁盛が目に見えたということになる。

「お吟さん、ますます忙しくなりそうですね」

千次郎も嬉しそうだ。

「気を引き締めていかないと……千次郎、ほたる茶屋に、何か変わったことはないのですね」

お吟は訊いた。

「今のところは……これはお吉さんから聞いた話なんですが、おふささんには倅がいたらしいっていうんです」

並んで歩きながら千次郎は言った。

「初耳ですね。おふささんは昔の自分のことなど話すことはありませんからね。その話、おふささんが言ったのかしら」

お吟は首を傾げた。

「いいえ、お吉さんがそう見ている、という話です。幸助さんに対する態度を見ていてそう思ったというのです」

それなら私も感じていることだ、何か人に言えない過去があるのだろうと、お吟は思っている。

「お吟さん！」

突然千次郎が声を上げた。

千次郎が指さす向こうの草地で、三人の男たちに殴られている男が見えた。

「幸助ですよ！」

千次郎は走って行く。お吟も千次郎の後を追った。

走りながらお吟は、

「止めなさい、お役人を呼びますよ！」

大声を上げた。

幸助を痛めつけていた三人がこちらを向いた。

「！」

お吟は思わず声を上げそうになった。

三人のうち一人は、坊主崩れで頭はつるつる、薄汚い黒い袈裟を着ている。そして、茶色の着物に頰に傷のある男もいた。

二人とも與之助が源治郎店で聞いてきた、幸助を脅していた悪人だ。

「女だてらに俺たちに説教でもするというのか……」

頬に傷のある男は、へらへら笑ってお吟に近づくと、いきなりお吟の胸ぐらを摑んだ。

「痛い目に遭いたくなかったら、消えろ！」

唾(つば)を飛ばさんばかりに毒づいたが、次の瞬間、千次郎が素早く木の棒を拾って、頬に傷がある男の頭めがけて振り下ろした。

「うっ」

鈍い音が、頬に傷のある男の頭に落ちた。同時にお吟の衿(えり)を摑んでいた手が離れ、男はよろりとして膝をついた。

「お吟さん……」

千次郎が走り寄る。同時に頬に傷のある男も懐から匕首(あいくち)を引き抜いて立った。男の頭からは一筋の血が、顔を伝って落ちている。その血を乱暴に拭うと、

「許せねえ！」

頬に傷のある男は声を荒らげた。

「お吟さん」

千次郎はお吟に、木の棒を渡した。そして自分は、懐に呑(の)んでいた十手を取り出

した。

「千次郎、その十手は……」

お吟が驚いて、千次郎の手元を見遣る。

「こんなこともあろうかと思って持っていたんだ。親父さんも許してくれるにちげえねえ」

千次郎は言った。

それはお吟の父親が生前鍛冶屋に頼んで、手下のために作らせたものだった。父が持っていた十手は、主である平右衛門から預かったものだが、千次郎など自分が使う下っ引には十手は無い。だが、危険を冒して調べねばならないのは自分と同じだ。

そこでひそかに十手を拵えて、いざという時には身を守るようにしていた物だ。むろん平右衛門には内緒で作り、自分が死ぬ間際に遺品として千次郎と與之助に渡してやったものだった。

お吟にとっても懐かしい、父親を思い出す品だった。

「二人とも殺してしまえ」

頬に傷のある男は、千次郎に飛びかかる。同時に坊主崩れの男が、こちらも匕首を手に、お吟に襲いかかって来た。

「女だと思って甘くみるんじゃないよ!」

お吟は、坊主崩れの匕首を木の棒で払いのけると、正眼(せいがん)に構えた。

「おめえ、怖くねえのか……」

坊主崩れは驚いたようだ。

「千成屋の仕事は危険と背中合わせ、いちいち脅しに乗っていてはつとまらないよ!」

お吟は、凜然(りんぜん)と言い放った。

だがその時だった。構えている木の棒先端一尺(約三十センチ)ほどが、ぽろりと折れて落下した。先ほど匕首を払いのけた時に折れてしまっていたようだ。

「あっ」

驚くお吟の前で、坊主崩れは腹を抱えて笑った。

坊主崩れの目が、次の瞬間恐ろしく光ると、匕首を振り上げた。

――しまった、殺(や)られる……。

心の中でお吟が叫んだその時、

「待て、わしが相手だ」

走ってやって来たのは、平右衛門だった。

「ご隠居さま……」

驚いて迎えるお吟の目の前で、平右衛門はあっという間に、三人を打ち据えてしまった。

「ひ、退(ひ)け！」

三人は、転げるようにして逃げて行く。

「任せて下さい……」

千次郎は、三人の後を追っかけて行った。

その時だった。物陰で固唾(かたず)を呑んで見守っていた幸助が、平右衛門とお吟に悟られないよう逃げ腰で足を踏み出したが、

「待て……」

平右衛門が待ったを掛けた。

幸助は、ぎくりとして立ち竦(すく)んだ。

「逃げてどうするんだ。お前には聞きたいことがある」

幸助に歩み寄ると、その肩をむんずと摑んでにらみ据えた。

「お吟、これは倅に頼んで調べてもらったものだ」

平右衛門は、幸助を引っ張って千成屋に戻ってくるや、お吟に一枚の紙を手渡した。

お吟から頼まれていた幸助の前科について調べたものだ。

「ご隠居さま……」

驚いて見たお吟に、平右衛門は照れくさそうな笑みを見せると、

「わしも毎日お前さんからお茶を淹れてもらっているのだ。たまにはこれぐらいのことはしなくてはな」

そう言うと、今度は幸助に険しい目を向けて言った。

「幸助、お前は五年前に賭場で喧嘩沙汰を起こし、石川島の人足寄場に送られた、そうだな」

「へい」

幸助は、俯いたまま小さな声で頷いた。

「そして三年を石川島で過ごして御赦免になったのだが、行く当てもなくのたれ死ぬ寸前を、ほたる茶屋の女将に拾われた……」

幸助は頷いた。

「ところがだ、昔の悪い仲間に誘われた。断ることも出来かねて、ほたる茶屋を辞めたのだ」

はっとした顔で幸助は顔を上げたが、何かを発することもなく、また力なく俯いた。

「お前をまた悪の道に誘っているのは、先ほどお前を痛めつけていた奴らだな。あの者たちの誘いに乗れば、もう、お前はお終(しま)いだ。今だったら間に合う。何もかも話して、楽になるのだ」

「………」

幸助は身じろぎもせず黙っている。

お吟は、静かに声を掛けた。

「幸助さん」

「うちの與之さんが、あんたが住んでいた長屋に行って聞いてきたんだけど、益五郎って人と民三って人に脅されていたんだってね……頰に傷のある男と坊主崩れの男、先ほど幸助さんを殴りつけていた人たちですね。どっちが益五郎か民三か分からないけど、長屋の人たちから、あんたが以前からあの男たちにいたぶられていることは聞いているんだよ」

「………」

「ほたる茶屋の女将さんだって、どんなに案じているか。前科持ちの身寄りのないあんたを引き受けてくれた女将さんに、恩を仇で返すようなことをして、幸助さん、幸助さんは本当は心を痛めているんでしょ」

「………」

「幸助さんは身寄りの無い人だと聞いています。それならなおさら、実の母親のように心配してくれている女将さんのためにも、何故逃げ回っているのか打ち明けるべきじゃないかしらね」

お吟は、そこまで言って黙った。じっと幸助の顔を覗く。

まもなくだった。幸助が決心した顔で言った。

「あっしは……あっしはあいつらに、ほたる茶屋のお金を盗んで来るように言われたんです」

お吟は頷いて、平右衛門と顔を見合わせた。

「そんなことは出来ないと断ると、じゃあ手引きしてくれたらほたる茶屋に押し込みに入ると……」

「そんなことだろうな。幸助、あの三人は人足寄場で知り合った仲か？」

平右衛門が訊く。

「はい、石川島を前後して出て来た者です」

「すると、お前が店を辞めたことを知って先ほどのような……」

「はい、あっしが、ほたる茶屋への押し込みの手伝いなんぞ出来ねえと断ると、今度は、別の店に押し込むから手伝えと言われて」

「何、別の店だと……幸助、押し込む店は決まっているのか……わしの倅は北町の同心だ。教えてくれぬか、その店とやらを……」

平右衛門は、険しい目で幸助を見る。

「柳橋にある小料理屋で『蔦屋』という店です。民三が手なずけた、おなみという女に夜半に裏木戸の閂を外させる、そこまで決まっていると言っていました」

「よし、分かった」

平右衛門は立ち上がったが、ふと思い出して懐から一枚の人相書きをお吟に手渡した。

「庫之助殿に会いに行ってきた。そして昔の女房殿の顔を教えてもらったのだ。知り合いの絵描きを連れて行ったから、うまく描けているんじゃないかと思うんだが……」

その絵には女のうなじも描かれてあって、庫之助が言っていた黒子の場所も記してあった。

そして、似顔絵の説明書きに、三崎富美、旧姓酒井(さかい)とあった。

「これは……」

横から覗いて幸助が声を上げた。

「知っているの、この女の人……」

お吟の問いかけに、

「女将さんによく似ているんじゃないかと思いやして……」

「女将さんて、ほたる茶屋の……」

意外な顔で聞き返し、まじまじと似顔絵を見直すお吟に、

「若い時はこんな感じではなかったかと……目の辺りに面影が……」

――そういえば……。

お吟も平右衛門も、似顔絵を見直す。

「女将さんは武家の人じゃねえ。だけどもこの黒子、女将さんの黒子も同じ場所にあるんですよ」

幸助の言葉に、お吟は驚いて平右衛門と顔を見合わせた。

四

お吟はすぐに新シ橋袂の、ほたる茶屋に向かった。

幸助の身柄は平右衛門に頼んできた。千成屋にしばらく匿うつもりだったが、

「幸助を留め置いては、奴らは事がバレたと気付いて押し込みを中断するやもしれぬ。これは幸助に覚悟があればの話だが、何食わぬ顔で奴らのもとに戻って仲間に加わってもらう。さすれば一網打尽に出来る。この先幸助が苦しめられることはないのだ。奴らはな、押し込みで捕まえれば、軽くて遠島だ。江戸の土を踏むことはあるまい」

平右衛門の言葉に、

「やります。任せて下さい」

幸助は決心した顔で、平右衛門を見たのだった。

「よし、これで決まりだ」

平右衛門は言った。まもなく與之助も千次郎も戻ってくる。四人で綿密に打ち合わせをしたのち、幸助は奴らの隠れ家に戻っていくことになったのだ。

幸助の身を案じながらも、お吟は神田川に近づくにつれ、胸元にある似顔絵で、どのような結果を得られるのか、本当におふさなのか、次第に息苦しい気持ちになっていた。

新シ橋の袂にたどり着いた時には、まだ日は高く、店には客の姿も無く、少しほっとして中に入った。

「おふささん、いらっしゃいますか」

声を掛けると、すぐにおふさがにこやかな顔で出て来た。

「あら、お吟さんじゃありませんか」

「すみません、少しお話ししたいことがありまして……」

お吟はおふさと向かい合って座ると、幸助のことをまず報せ、次にあの似顔絵をおふさの前に置いた。

「！……」

おふさの目は、似顔絵の添え書きに仰天したようだった。瞬く間に顔の色を失っていく。

「おふささん、この絵は膳所から姿を消したかつての妻を捜してほしいと、私の店にいらした方から聞き取って描いたものです。どうやら心当たりがあるようですね」

お吟は、静かだが、けっしてはぐらかすことのできない、きっぱりとした声で訊いた。

「………」

おふさは何も答えなかった。

「この方は、名を富美さんとおっしゃるそうです。この絵にあるように、うなじに黒子があるようなんですが、おふささんにもうなじの同じ場所に黒子があると、幸助さんが教えてくれたのです」

「!……幸助が」

「ええ、そう言われてみると私もこちらに参る道すがら、おふささんは富美さんではないかと……日頃のおふささんのたたずまいを思い出して……」

「………」

「三崎庫之助様には、奥様が家出をなさったいきさつをお聞きしました。浅はかな疑念を持って責めたばかりに妻を家出させてしまったと後悔なさっておりました。参勤交代で江戸に参ったが、この江戸に滞在している間に、富美を捜してひとこと詫びたいと……」

「………」

黙って聞いているが、おふさの眉が微かに動いた。お吟は話を続けた。

「三崎様はこたびの参勤を最後に隠居なさるそうです。そして後はご子息に譲るのだと」

「啓之進に譲ると……」

思わずおふさの口から、人の名が飛び出した。

「ご子息のお名なのですね……」

問い返すと、おふさは「ああ」と小さな声を上げ、次の瞬間はらはらと涙を流し始めた。

お吟は黙って、おふさを見守った。

庫之助の名を出した時には懸命に堪えていた感情が、息子の話をした途端に、堰を切ってあふれ出したのだ。

「取り乱して、申し訳ありません」

おふさは、ひとしきり涙を流すと、手巾で涙を拭い、お吟の顔を見た。目を腫らし、化粧の落ちた顔で、おふさは言った。

「おっしゃる通り、わたくしは三崎庫之助の妻でございました。不義の疑いを掛けられて、こんなに信用できない妻だったのかと夫にも三崎の家にも失望してしまいました。まだ幼かった息子のことも気がかりでしたが、胸の中が憤りで膨れあがって……わたくしも若かったのでございます、浅はかな行いでした……」

家を出た富美は、実家に迷惑を掛けてはいけないと、誰にも何も告げずに膳所を出た。

しばらく京で暮らしていたが、京と膳所は目と鼻の先、ふとした時に息子の姿がちらついて富美を苦しめた。

──子供のもとに帰りたい……。

そう思うものの、不義の責を負って自害した家来の与次郎のことを考えると、三崎の家に帰るのは申し訳ないように感じたのである。

京には三年ほど暮らし、そののち、それまでの人生を振り切るように江戸に下ってきた。

「今思えば、不義の疑いは丁寧に説明すれば、夫は信じてくれたかもしれません。でも姑（しゅうとめ）は、私に向かって『この家を出て行ってくれますか……さすれば不義は不問に付してあげますよ』そんな冷たいことをおっしゃる人でしたから……」

おふさは哀しげな顔で言い、苦笑した。

おふさの話を聞いていると、お吟は自分のこれまでの苦労など、苦労のうちには入らないと思った。

「お吟さん、先日お吟さんにお話ししましたね。なぜここに、ほたる茶屋を開いたのかと……田舎の実家が川の側にあって、蛍を見ていると実家を思い出して決心したのだと……」

「ええ、お聞きしました。あの話、もしかして膳所の実家のことなんですか」

「はい、膳所のお城も瀬田川という大きな川の畔にあるのですが、私の実家の屋敷も、お城とそう遠くない川の近くにございました」

その実家の庭から見える川の土手に、毎年たくさんの蛍が出た。

兄と姉と三人で、眠くなるまで眺めたものだった。

三崎庫之助に嫁したのちにも、一度二人で瀬田川の土手の蛍を眺めたことがあったのだ。

「息子が生まれて実家に里帰りした時にも蛍を見せてやりました。息子は幼い手を伸ばしてはしゃいでおりました……」

またおふさの声が涙で震える。

「話を伺って良く分かりました。おふささんが幸助さんに、あんなにも心を掛けてあげたのも、残してきたご子息のことが頭の中にあったからなのですね」

お吟は言った。

おふさは、苦笑して頷いた。

「どうなさいますか、おふささん。庫之助様にお会いになりますか……」

お吟は問う。

「………」

おふさは思案の目を土手の方に向けた。

まだ明るい土手の上には、一面に茅(かや)の葉が茂っている。夜になれば、その草むらから数え切れないほどの蛍が姿を現すのだが、今は一匹も見えない。

「迷っていらっしゃるのですね。分かります。迷っていらっしゃるのなら、良く考えてからで結構です。気持ちが決まりましたらお知らせ下さいませ。会う気持ちはないとおっしゃるのなら、庫之助さまには富美さまは見付からなかったと伝えます。その時には、けっして、おふささんがここでお店を開いているなんてことは知らせません」

「お吟さん、すみません」

「いいのです。庫之助様も、見付からなければ諦めますとおっしゃいました。歳を取ると心残りを無くしておきたい、富美の暮らしを見届けておきたいのだと……。

庫之助様に他意はなく、ただただその後の暮らしを案じられてのことと、私は受け取りました。ですから、手を尽くしたが見付からなかったとお伝えしても、納得してくれるのではないかと存じます」

「…………」

おふさは、迷いのある目でお吟を見詰めた。

「おふささん……」

お吟は、おふさの視線をしっかりと受け止めると、

「おふささんより若い私が申し上げるのも失礼かとは思いますが、長い時を経ても、ああして心配してくれる方がいるなんて、おふささんのお人柄もあったのだと存じますが幸せなことだなと思いました。私の夫はお伊勢参りに出かけたまま行方知れずです。手を尽くして捜しましたが、何も分かりませんでした。生きて元気でいてくれたらと願う毎日ですが、このような状態がずっと続くのかと思うと、歳を重ねて過去を振り返った時、やはり私も庫之助様のように、この世に心が残るのではないかと思います」

お吟はそう言うと、似顔絵をおふさの膝前に置いて立ち上がった。

幸助から押し込み実行があるとの報せが来たのは、数日後のことだった。一味の隠れ家は、民三たちが幸助に暴行を加えた折に千次郎の追尾によって判明している。

そこに幸助は何食わぬ顔で戻って行った訳だが、隠れ家の近くには平右衛門の倅が使っている岡っ引の甚五郎(じんごろう)を張り込ませていた。

幸助はこの岡っ引の甚五郎に、押し込み決行を知らせて来たのである。

「決行は明後日、四つ（午後十時頃）の鐘を合図に押し込むことになったそうだ」

平右衛門は甚五郎と千成屋にやって来て、お吟に言った。

「良かった、幸助さんは無事だったんですね」

まずは胸をなで下ろすお吟である。

「無事なんてもんじゃありやせん。若いのに腹の据わった男でして、ぬかりはござんせん」

甚五郎は言う。

「押し込み先は、柳橋の小料理屋で蔦屋、引き込みは蔦屋の女中でおなみ、押し込む輩は、坊主崩れの益五郎、頬に傷のある民三、幸助に暴行を加えていたもう一人の男の多岐蔵(たきぞう)、そして幸助、いずれも石川島の人足寄場にいた連中だ。そして新たに加わっているのが、既に頭が亡くなり一人働きをしていた粂之助という男だ。総勢五人と女一人……」

平右衛門はそう言うと、お吟と與之助、それに千次郎の顔を見た。

「ご隠居さま、引き込みの女がいるとなると、前もって店の者たちに知らせるという訳にはいきませんね」

お吟は言う。だが平右衛門は、にやりと笑うと、

「何、案ずることはない。良い考えがある」

皆の顔を見渡して、

「奴らは押し込みに舟を使っているようだ。與之助、千次郎、お吟にも大切な役回りを頼みたい、よいな」

平右衛門は自信ありげな顔で言った。

大切な役回りとは……翌日お吟は早速動いた。

蔦屋を訪ねると、女中のおなみを呼び出してもらった。

「どなた？」

出て来たおなみは不審な顔でお吟に訊いたが、お吟はおなみの耳に小さな声で告げたのだった。

「民三さんがすぐ近くで待っているんです」

「民三さんが……」

おなみの顔色が一瞬にして変わった。硬い表情でお吟に訊く。

「近くって、何処？」

「私について来て下さいな」

お吟の言葉におなみは頷くと、すぐにひとときの暇を貰って店の外に出て来た。

お吟はおなみを伴って両国稲荷に入って行った。

「あっ」

おなみが声を上げた時には、両脇から腕を與之助と千次郎に摑まれていた。

「押し込みに手を貸そうだなんて、いい度胸をしてるじゃねえか」

もう一人、のっそりと現れた甚五郎が十手を手に近づいて来た。

「何のことですか。大声を出しますよ」

おなみも負けてはいない。

「おなみさん、なにもかも承知なんですよ、こっちは……おおかた悪い男に騙されて手を貸すことになったんでしょうが、もっと自分を大事にしないと……」

お吟は言い、

「甚五郎さん、お願いします」

お吟は、おなみを甚五郎の手に引き渡した。

「それじゃあ明日……」

甚五郎はお吟に頭を下げると、嫌がるおなみを引っ張って行った。

「いよいよですね、お吟さん」

千次郎が二人の後ろ姿を見送りながら昂揚した声で言う。

「ええ……」

お吟も、気持ちの高ぶりを覚えていた。

お吟にとっては初めて捕り物を手伝うのだ。

亡くなった父の丹兵衛が、生涯を岡っ引として日夜奮闘していた熱い気持ちが、少し分かったような気がしているのだった。

五

時の鐘が夜の闇に四つを告げる。

鐘が鳴り終わる頃、神田川に一艘の荷足舟が現れて、柳橋の北袂に着けた。

一見荷物の運搬を装ってはいるが、民三たち押し込みの一味が乗る舟だった。

直ぐ目の前は小料理屋の蔦屋である。

その蔦屋の座敷の灯は、既に落とされ、店の中は深閑としているように見えた。

次々と舟から男たちが音も立てずに下りて来ると、腰を落として蔦屋の裏木戸に走って行く。いずれの男も黒い手ぬぐいで頬被りをしている。

月夜の中に、小走りする男たちの目が黒く光る。

一行は裏木戸まで走ると、かねて役割を言い渡されていた幸助が、木戸に近づいてくぐり戸をぐいと押した。くぐり戸は難なく開いた。

それっというように民三の顔が皆に合図を送ると、次々にくぐり戸を抜けて、小料理屋の庭に吸い込まれるように入って行った。

「あっちだ」

民三が一方を指したその時だった。

「御用だ！」

あちらからもこちらからも御用提灯が現れて、

「ちくしょう、謀られたか……」

民三は匕首を引き抜いた。呼応して他の賊たちも匕首を引き抜く。

「無駄な抵抗は止すんだ」

廊下に現れたのは、平右衛門だった。平右衛門は、北町の定町廻りで同心の倅と捕り方を引き連れている。

「退け、退け！」

小料理屋の庭から出ようとした民三たちは、次の瞬間、音を立てて閉まったくぐり戸に、はっとして平右衛門の方を見た。

「外にも捕り方がいる。お前たちはもう逃げられぬ」

平右衛門の言葉に、

「ちくしょう！」

やっちまえとばかりに、民三たちと捕り方の乱闘が始まった。

その騒ぎを、お吟たちは水辺に止めた舟の側で聞いていた。

お吟たちの役目は、小料理屋の中から逃げてきた悪党を、ここで打ち据えることだった。

まもなく、あの坊主崩れの益五郎が、よたよたと外に出て来た。

だが舟の手前で、ぎょっとして立ち止まる。

「てめえは！」

驚いた益五郎を、お吟たちはてんでに押さえつけて後ろ手にし、與之助がすばやく紐（ひも）で手首をくくった。

まもなくだった。後ろ手に縛られて繋（つな）がれた民三たちが、捕り方に連れられて外に出て来た。

「お吟、うまくいった、落着だ」

平右衛門が若々しい声で言った。

「幸助さんは……」

「今出てくる」

平右衛門が裏木戸を振り返ったその時、幸助が走って出て来た。

「お吟さん……」

幸助はお吟に頭を下げた。

「良かった、これでまた元の暮らしに戻れますね」

「青山様や、お吟さんのお陰です」

ほっとした顔で幸助は言う。

「早く女将さんに知らせてあげなくては……」

お吟の言葉に頷くと、

「明日は、いの一番にお店に参りやす」

幸助は、きっぱりと言った。

手引きのおなみを前日にひっとらえ、蔦屋の主には押し込みがあることを事前に知らせて皆を一室に集め、平右衛門の指揮の下、北町奉行所の捕り方たちに待ち伏せさせた作戦により、見事な素早さで押し込み一味を捕縛したのであった。

夜半からしとしとと降り始めた雨は、翌朝霧雨になり、昼前になってようやく止んだ。

「良かった、晴れましたね」

おちよが言った。

「ほんとに……雨だったら、どうしようかと思っていたけど良かったこと」

お吟は胸をなで下ろす。

実は今夜は、三崎庫之助を、ほたる茶屋に連れて行くことになっているのだ。

三日前のことだ。おふさに頼まれたとお吉が文を持参して来た。

その文には、三崎庫之助に会ってみます、私も尋ねたいことがあると書いてあったのだ。

お吟はその日のうちに、南八丁堀にある膳所の上屋敷に出向き、庫之助にこのことを告げたのだった。

庫之助はその時、しばし声が出せないほど驚き、またなんともいえぬ内面から滲み出るような小さな笑みを漏らしたのだった。

約束は今日の夕刻、日が落ちた頃である。

──今日一日は、お店はお休みと致しました──

二度目のおふさの文にはそう記してあり、お吟にも店に来てほしい、一人で昔の夫に会うのは心細いとあった。

十八年も会っていない二人である。どんな再会になるのか案じられるが、互いに歳を重ねた二人である。

──二人にとって雪解けとなるひとときになってほしい。

お吟はそう願った。

庫之助は、頃合いを見て千成屋に立ち寄った。

千成屋からお吟が同道し、おふさが待つ新シ橋袂に向かった。

昨夜から降り注いだ雨は、草も木も、屋根も大地も洗い流して爽やかだった。

何を話してよいのやら、お吟には言葉が思いつかなかった。また庫之助も口を結んで黙々と歩いた。

神田川の土手に到着する頃になると、既に日は落ち、辺りはとっぷりと暮色に染まっていた。

神田川の流れる水の音は雨が降った為か、いつもより大きく聞こえた。

土手を飛び交う蛍の群れは、こちらは普段より少し少ないように思えた。

そして茶屋は、淡い光を店内に照らして、静かに庫之助を待っていた。

「おふささん、お連れしましたよ」

戸を開けて中に入ると、既におふさが待っていて、

「お久しぶりでございます」

庫之助に深々と頭を下げた。

「すまない、苦労を掛けたようだな。許してくれ」

庫之助も頭を下げた。

「もう過ぎたことです。どうぞ今夜は、この茶屋で蛍をご覧になって下さいませ」

おふさは、庫之助を一番良く外が望める席に案内した。

「おふささん、私がお茶を淹れてきますから……」

お吟はおふさに席に着くよう勧めると、急いで板場に入った。

湯は既に沸いていた。鉄瓶が白い蒸気を上げている。

お吟は用意してある急須（きゅうす）に湯を注ぎ、二つの湯飲み茶碗（ちゃわん）にお茶を淹れる。

美味（おい）しいお茶を出してあげたかった。

息を殺してお茶を淹れるお吟の耳に、おふさの声が聞こえてきた。

「風の噂で、あなたが新しい妻を娶（めと）ったことを聞きました。それは京にいた頃のこと、私がこの江戸に下ってきたのはそれからです」

「そうか、そうだったか……」

しみじみと言う庫之助の声も聞こえる。

また沈黙が続いていた。

お茶を運びだそうかどうしようかと迷っていると、今度は庫之助の声が聞こえてきた。

「参勤から帰れば、啓之進に跡目を譲る……立派な青年になっている。そなたに一度見せてやりたいものだ」

「啓之進が跡目を……」

「そうだ、そなたとわしの倅だ」

庫之助の静かで優しい声が聞こえた。すると、

「ありがとうございます。啓之進には恨まれても仕方のない私です。でもやはりずっと気になっておりました。今夜お会いしようと決心したのも、あの子がどうしているのかと、あなたに、それをうかがいたかったのでございます」

「そなたをあの子が恨むものか。啓之進はそなたのことを忘れてはおらぬ。新しい母に遠慮して口には出さなかったが、ある日わしに、こう言ったのだ。母上には生涯お会いすることはないかもしれませぬが、万が一、お会いすることが出来た時には、私の胸の内には、何時、どのような時にも母がいた、私は、母の倅で良かった……とな」

おふさの忍び泣く声が聞こえて来た。

お吟は、おふさが落ち着くのを待って、お茶を二人に運んだ。

二人は黙って土手に舞う蛍の光を見詰めていた。

もう言葉はいらない……。お吟の目にはそう映った。

お吟は板場に戻ると、黙ってほたる茶屋を出た。

「さて、お立ち会い。先年江戸御府内（ごふない）で頻発した石塔磨きがまた始まったのだ。始まりは武州（ぶしゅう）の岩槻（いわつき）、そして越谷（こしがや）、草加（そうか）と夜中に墓地に入り墓を磨き、中には文字を朱塗りにしていく者もいるらしい。狐狸のしわざである筈がない。いったい何のために墓を磨いていくのかと皆恐れをなしているという。さあ、この続きは、この読売に書いてある。さあ、買った買った」

日本橋の高札場では、毎日読売が声を上げる。

買いに来ていたおちよは、がっかりして店に戻って来た。

「お吟さん、お裁きはまだなんでしょうか」

おちよは、押し込みに入った連中の裁きが気になるのだ。

「おちよちゃん、心配しなくったって、軽くて遠島、もう二度と幸助さんが酷い目に遭うことはないんだから」

お吟は言う。

幸助はあれから元の長屋に戻り、またほたる茶屋に勤めている。

「分かった、おちよちゃんは幸助にほの字だな」

與之助がからかった。

「もう、そんなんじゃないわよ」

おちよは頬を膨らまして台所に走って行く。

「でもお吟さん、三崎庫之助様とおふささんのこと、良かったですね。幸助のこともそうだが、ああして二人が会えて古いしこりがなくなったと聞くと、こっちまでなんだか幸せな気分になりやすからね」

與之助はしみじみと言う。

「ほんとに……」

お吟の脳裏には、薄明かりのほたる茶屋の中で、肩を並べて神田川の土手に舞う蛍を見詰めていた二人の姿が浮かんでくる。

十八年ぶりに会った二人。そして最後になるだろう二人の語らいを垣間見たお吟は、言葉にならない熱いものが胸に膨れ上がるのを覚えていた。

雪の朝

一

小正月も過ぎた寒い日の午後、『千成屋』に、若い女が訪ねて来た。

「近江から数日前に江戸に参りました、お咲という者でございます。こちらでは何でも困りごとを引き受けて下さると聞いてお訪ねしたのですが……」

店番をしていた下働きのおちよは、すぐに店の奥に向かって大声を張り上げた。

「おかみさん、お吟さん、お客さまです！」

千成屋はお客の困りごとを、どのような手を尽くしても解決してやるというのが信条だ。

お金の融通や人殺しなどは別として、道案内、買い物案内に人捜し、武家屋敷への下働きの世話など、とにかくありとあらゆる困りごとを引き受けている。けっして途中で諦(あきら)めたり断念したりすることなく、あらゆる手を尽くして依頼客の満足が得られるよう努力をしている。実際これまでのほとんどの頼みごとは、客の納得いく形で終わらせていた。

その評判はあっという間に広がって、今では依頼人がひきもきらず、この正月だって千次郎と與之助は、大店(おおだな)のご隠居のお供をして箱根(はこね)に湯治に行っているのだ。そろそろ帰って来る頃だが、今日は主(あるじ)のお吟と下働きのおちよの二人だけで店を開けていた。

お吟は奥からすぐに出て来た。

しなやかな体つき、しかも目鼻だちのきりりとしたお吟の顔立ちは、確かに噂に聞いた通り頼りがいがありそうだとお咲は思った。

「どうぞ、お上がり下さい」

お吟はお咲を店の座敷に上げると、火鉢の側に座るように勧めた。

「寒いですから火鉢の方に、遠慮無く……」

「どうも、すいまへん」

お咲は頭を下げると、火鉢の前に膝を進めた。

「近江からいらしたとか……で、どんな困りごとでしょうか？」

お吟はおちよが運んで来たお茶を勧め、自分も手に取ってから訊いた。

「はい、難しいお願いで申し訳ございませんが、この絵を見ていただけないでしょうか」

お咲は一枚の紙を取り出して、お吟の膝前に置いた。

「これは？……」

お吟は手に取るが、少し驚いた顔でお咲の顔色を窺った。

なにしろその半紙は半分引き千切られているうえに、水をこぼした跡のようなシミだらけで、そこには、一体の地蔵が描かれていた。

そしてその地蔵の周りには、菜の花かと思える花が咲き乱れているようだ。だがそれもシミが酷くて判然とはしなかった。

「姉から送られてきた絵です。私と連絡がとれなくなったら、江戸にあるこのお地蔵さんの足下を掘り起こしてほしいと書いてあったんです。でもこのお地蔵さんがどこにあるのか、肝心なその場所を書いた部分が破れていて分からないのです」

お咲は言った。

「確かにこれじゃあ、何処にあるお地蔵さんなのか分かりませんね」

お吟は手にとって眺めて、

「しかし何故このように半分千切れたのでしょうか」

お咲の顔を見た。

「飛脚の話では、道中で思いも寄らない大雨にあった上に、転んだ時に飛脚箱が壊れ、慌てて文をかき集めたようなのですが、姉さんの文は油紙に包んでいなかったらしく、こんなことに……」

お吟は頷いて、もう一度その紙に視線を落とした。

そのお吟の横顔に、お咲は必死に説明する。

「菜の花が咲くのは一月先か、いえ二月先かもしれまへん。それまで待ってと思たんですけど、姉さんの事が心配で、お正月三ヶ日が明けるのを待って近江を発ってやって来たのです」

「これではね……」

お咲は、お吟が引き受けてくれるかどうか案じ顔だ。

お吟は大きなため息をついた。するとお咲が、

「数日一人で、あちこち訪ねてみたんです。でも皆目見当もつきませんでした……

そしたら宿の人が、日本橋になんでも手助けしてくれはる店があるいうて教えてくれはりまして」

「すると、お姉さんとはまだ会ってはいない、何処にいるか分からない。鍵はこの絵だと、そういう事ですね」

お吟は地蔵の絵から顔を上げて、お咲に訊いた。

「はい、そうです」

「お姉さんが暮らしている所も訪ねてみたんですね」

「江戸に着いたその日に行きました。姉さんは神田鍛冶町の呉服屋さんで『菱屋』というお店に嫁入りしているんです」

「ちょっと待って下さい。お姉さんは菱屋さんのお内儀なんですか?」

「はい、でも菱屋にはいませんでした。菱屋を訪ねましたら義兄の忠兵衛さんが出て来て、姉さんは行き方知れずだって言ったんです」

「えっ、どういう事……もう少し詳しく説明して下さい」

お吟は怪訝な顔を向けた。

「はい、すんまへん。姉さんはやえというのですが、菱屋に嫁入って三年が経ちます。その間、近江で一人で暮らす私を案じて、毎月文を寄越してくれていました。

ところがこの絵が送られて来てから文が途絶えました。一月以上になります。それで私、何が起こったのかと心配になって江戸に参ったんです。そしたら義兄の忠兵衛さんは迷惑そうな顔で、あんたたち姉妹は仲が良いんだから何か知っているんじゃないかって、私を疑うんです」

「呆れた。じゃあそれで、お咲さんは宿に泊まっているんですね」

「はい、馬喰町の安宿に泊まっています。本当なら菱屋さんに泊めていただくつもりだったんですが、あんな嫌な顔をされては、泊めて下さいとは言えませんから」

「しかしあなたは義理の妹ではありませんか」

「ええ……」

お咲は小さな声で言い、困惑した顔で俯いた。遠いところからやって来たのに冷たくあしらわれて、力を落としているようだった。

「それで、泊まっているのは馬喰町のなんという宿ですか?」

お吟は尋ねる。

「枡屋という宿です。そこに留まって姉とお地蔵さんを探さなければと思っているのです」

お咲の決心は固いようだった。

お吟は再び視線を紙切れに落とすと、

「地蔵と菜の花か……」

呟(つぶや)いてじっとながめる。

「お吟さん、手助けをお願い出来るのでしょうか」

不安な顔でお咲はお吟を見た。するとお吟は、

「やってみましょう。時間がかかるかもしれませんが、お引き受けいたします」

顔を上げて、きっぱりと言った。

翌日お吟は、同じ日本橋にある本屋『相模屋(さがみや)』を訪ねてみた。

お咲とやみくもに御府内(ごふない)を探したところで、この広い江戸の中にどれだけの地蔵が何処に祀(まつ)られているのか見当もつかない。

そこで相模屋が出版したり扱ったりした本の中で、御府内の地蔵の特集など組んだ本はないのだろうかと思ったのだ。

「地蔵の本か……」

奥から店に出て来た主の鹿之助(しかのすけ)は頭を捻(ひね)って考えていたが、

「覚えがないな……」

そう言って、地蔵がどうかしたのかとお吟に訊いた。

鹿之助はお吟とは同じ日本橋界隈で育った幼なじみだ。大人になってからは滅多に顔を合わすこともないのだが、お互いがどんな暮らしをしているのかは、それとなく分かっている。

そのお吟が、ひょっこりやって来たので、鹿之助は驚いた様子だった。

お吟が事情を話して、お客から預かっている地蔵の絵だと千切れた紙を鹿之助に見せると、

「これはしかし、有名な江戸の六地蔵なんかではありませんな」

鹿之助は言った。

江戸には宝永五年から享保五年にかけて、京の六地蔵を模倣して品川寺、東禅寺、太宗寺、真性寺、霊巌寺、永代寺に地蔵が建立されているが、全て鋳造物で石に彫ったものではない。

「そうなのよ。江戸の六地蔵は蓮台の上に坐す七尺（約二・一メートル）もある大きなものでしょう……こちらはそこいらの野辺にある石の地蔵のようですから。目印は周りに咲いている菜の花だけ……この菜の花の丈から考えられる地蔵の大きさ

は三尺（約九十センチ）ほどではないかと思うんだけど」

「ううん……地蔵探しか、お吟さんも良くやるものだね。私の幼なじみの女友達の中で、なりふりかまわず働いているのはお吟さんだけだ」

鹿之助は笑みを見せて言った。

「ちょっと、それ褒めてるの」

お吟は笑った。

「決まってるじゃないか。とにかく分かったよ。近々本屋の寄り合いがあるから、地蔵の本を出してないか訊いてみる」

鹿之助は言った。

「ありがとう、じゃあね」

店を出ようとしたお吟に、

「お吟さん、ご亭主の消息はまだ何もつかめないのかい？」

お伊勢参りに出たまま消息を絶っているお吟の亭主清兵衛のことを、案じ顔で訊いてきた。

――そうか、夫のこと、知っていたのか……。

お吟は苦笑して、

「まだ何も……もう一度私もお伊勢まで丹念に歩いてみたいんだけど、なかなか時間がとれなくて」

「だよな。実はこの夏に本屋仲間の無尽の会で伊勢参りをしようかって話があるんだ。もしそうなったら、私も清兵衛さんのこと気をつけてみるから」

「ありがとう、鹿之助さん、随分変わったわね」

お吟は笑みを送った。

「そうかな、私は昔から親切な男だったろ?」

「いいえ、乱暴で我が儘で、女たらしで、嫌な奴でした」

「言い過ぎだろ、それは!」

「本当のことだもの、でも、鹿之助さんもいろいろあったから、少しは反省したのよね」

「哀れんでいるのか?」

鹿之助は笑った。

鹿之助は妻とうまくいかずに一年前に離縁している。三行半をつきつけたのは妻の方だったとお吟は聞いている。

それ以来独り身を通して店を切り盛りしているのだ。

「じゃあね」

お吟は、手をひょいと挙げると、相模屋を出た。

二

それから三日間、お吟はお咲と一緒に、呉服屋菱屋の近辺や内神田一帯を地蔵を探して歩いてみたのだが、紙に描かれた絵と一致する地蔵は見つからなかった。流石に足も棒になり、消沈して千成屋に戻ってみると、箱根に行っていた千次郎と與之助が帰宅していた。

「お吟さん、明日からあっしたち二人にお任せ下さい」

二人はおちよから事情を聞いていたらしく、笑顔でお吟とお咲を迎えてくれた。

「お咲さん、今日は夕食を一緒に食べてから宿にお帰り下さい。明日からどうするか考えましょう。もう少しお訊きしたいこともありますから」

「すみません」

お吟の心遣いに、お咲は申し訳なさそうな顔で頷いた。

お咲が泊まっている宿は、夕食はしごく簡単なものばかりだとお吟は聞いていた。

だから今日は店を出発する時に、おちよにお咲の分も作るよう頼んであったのだ。お咲の話では、かまぼこが付けば良い方で、大概漬け物と味噌汁、それにめざしが定番、お客はそれで満足出来なければ、外の煮売り屋で自費で自分好みの総菜を買ってくるよう言われていた。

安い宿屋だ。田舎者が長い間逗留して、御奉行所の調べを受け、またその裁判の行方を待っている間に利用する、いわゆる公事宿と呼ばれるものだ。

公事宿に泊まる人は、長ければ数ヶ月から一年近く逗留する訳だから、国の町や村から潤沢に滞在費を貰ってやって来ている者は別として、大概節約に節約を重ねて過ごしていて、粗末な膳でも文句を言う者はいない。

ただお咲は、本来なら菱屋に逗留していてもよさそうなものなのに、姉が絡んだ複雑な問題だけに、菱屋を敬遠して公事宿に泊まっている。

お吟はそんなお咲を気の毒に思っていた。せめて気晴らしにと、千成屋での食事に誘ったのだ。

半熟卵に鯖の塩焼き、冬菜のおひたしに麩入りの味噌汁、大皿にはゴボウやにんじんやレンコンや油揚げなどを甘辛く炊いたものが載っていて、男二人の膳には酒も付いている。この夜の食事は賑やかなものになった。

「二人ともお酒はほどほどにして下さいね」

お吟が言えば、千次郎も與之助も胸を叩(たた)いて、

「分かってまさ。お咲さんを宿まで送っていくんでしょ」

優しい目をお咲に向けた。

「すみません、こんなに良くしていただいて……」

お咲は目を潤ませて、

「遠い昔、父がいて母がいて、姉と私と四人で囲炉裏を囲んでいた日のことを思い出しました。冬の寒い時には芋粥(いもがゆ)を母が炊いてくれはりまして、ふうふう言いながら食べてました」

「芋粥って……まさか平安の昔に高貴な方がご馳走(ちそう)として食べたという……」

「いいえ、その芋粥ではございまへん。それは甘葛(あまずら)で山芋を煮たものだと聞いていますが、私たち家族が食べていたのは、さつま芋をさいころに切ってご飯と炊くんです。お塩を少し加えて炊きあげるんですが、さつま芋の甘みがほんのりとして、何杯もおかわりをするほどおいしかったんです」

「へえ、一度食べてみたいもんだな」

與之助が言う。

「でもその後に父が亡くなり、母も亡くなり、姉は菱屋の忠兵衛さんと一緒になってこの江戸に参りましたから食事はいつも一人でした……」

お咲は寂しげな笑みを見せた。

「しかし合点がいかないのは、なぜ菱屋は手を尽くして姉さんを捜さないのだ……おかしいじゃないか、亭主だろう……」

千次郎が首を捻る。

お咲は首を横に振った。お咲にも分からなかったのだ。

「あの人、忠兵衛さんのことですけど、昔は絹の仲買人をしていて、私の父は、忠兵衛さんのように年に数回やって来る仲買人に村の女房や娘など織り子が織った布を仲介して少しでも高く買ってもらうよう世話していたんです。だから忠兵衛さんがやって来た時には、父は琵琶湖の鯉や瀬田のしじみや、お酒も出して、随分とごちそうしていました……」

「へえ、瀬田といえば、近くにかの有名な紫式部が籠もったという石山寺があるんじゃないのか……」

與之助が、突然もの知り顔で訊く。

「おいおい、どこで聞きかじってきたか知らねえが、知ったかぶりは止してくれ」

すぐに千次郎が茶々を入れる。

「いいじゃないか、少ない知識のひとつなんだよ、言わせてくれよ」

與之助は言う。お咲は笑って、

「石山寺は瀬田川沿いにあるお寺なんです。ですから石山寺の門前では瀬田のしじみごはんを参拝客に売っています。それが忠兵衛さんは大好きで……」

ところがお咲の父親は、姉のおやえが十六歳、妹のお咲が十歳の時に瀬田川で死んでいるのが見つかったのだ。

父は四十一歳だった。その時母は三十六歳。母の落胆は酷くて立ち直れず、近くの宿坊にいた坊さんの所に日参して仏を供養すること以外に、何も手につかなかった。

やがて母とその坊さんにあらぬ噂が立つようになり、母は坊さんの許に行くのを止めた。それからまもなくして母は心を病んで亡くなったのだ。

忠兵衛は父が亡くなった後も、近江にやって来た時には、お咲たち残された三人のことを案じて、土産物や時にはお金もくれたりして気を配ってくれたのだった。

そして母が病に臥せると忠兵衛は、仲買人を止めて江戸に店を構えることになった、これまで妻帯もせず頑張って来たんだが、これを機会におやえを嫁にしたいと母に申し入れたのだった。

死の床にあった母は、喜んで忠兵衛におやえを託したのだった。

お咲はそこまで話すと、

「姉は私と違って美人なんです。忠兵衛さんが姉を貰いたいと母に申し込んできたのは、父が亡くなった年齢と同じ四十一歳でした。姉はその時二十三歳でしたから年の離れた結婚でした。でも、請われて嫁入る姉は幸せそうでした。それなのになぜこんなことになったのか……今の忠兵衛さんはあの頃とは違って、近寄りがたい人になってしもうて」

哀しげに言う。

「それだけ女房に裏切られた悔しさに、がんじがらめになっているという事かな」

千次郎が言った。するとすぐさま、

「いいえ、私は姉が、忠兵衛さんを裏切ったなどと、とてもそんな風には思えません」

お咲は、強い口調で言った。

「どうあれ、ご亭主に何も訊かずに、という訳にはいかないわね」

お吟は言い、しばらく考えていたが、

「お咲さん、お咲さんはしばらく宿で待機していて下さい。何か分かりましたらお知らせします」

難しい頼みごとだと思いながらも、お吟は笑みを見せて頷いた。

翌日お吟は、與之助と千次郎を従えて、神田鍛冶町の呉服屋菱屋を訪ねた。

「お内儀のことで話を伺いたいのですが……」

店に入って手代に告げると、すぐに奥の座敷に案内してくれた。

開店してまだ数年の菱屋は、前栽のたたずまいも新しく、座敷の畳の色は青く、新参者の初々しさがある反面、老舗のような落ち着きは無かった。

お吟たちが庭に落ちる冬の寂しげな光を眺めながら待っていると、主の忠兵衛はまもなく現れた。

「女房のことで何を聞きたいとおっしゃるのかね」

忠兵衛は憮然とした顔で座った。

「伺いたいのは一点だけです。お内儀のおやえさんは、今どちらにいらっしゃるのでしょうか。ご亭主のあなたが何も心当たり無いとは思えません」

お吟は、ずばり訊いた。

「ふん、なぜ見ず知らずのあなたたちに、そんな話をしないといけないのかね」

「私は日本橋で、よろず相談の看板を上げている千成屋のお吟と申します。先日お咲さんという方から、姉のおやえさんを捜してほしいと依頼を受けました」

きっと見据えてお吟は言う。

「お咲がですか……困った人だ。せっかく女房の醜聞など内密にしてやろうと腐心しているのに……」

忠兵衛の顔色はますます不満で染まっていく。

「どういうことでございますか。お内儀の醜聞というのは……」

お吟は畳みかける。

「仕方がありませんな。そんなに知りたいというのならば……」

忠兵衛は一つ大きく息をしてから、

「あれは不義をして姿をくらましたんですよ」

冷めた声で言う。

「不義、ですか？」

意外な言葉に、お吟は驚き、引き連れてきた千次郎と與之助と顔を見合わせた。

「そうです。どうやら修行僧と駆け落ちしたんではないかと考えているんだが」

「どこの寺の、何という名の修行僧ですか？」

「多分、本郷湯島にある根生院です。僧の名は知りません」

「ちょっと待って下さい。証拠を摑んでいる訳ではないのですね」

お吟は厳しい口調で言った。あまりにいい加減な決めつけ方に思えてならなかったのだ。だが忠兵衛は平然と言葉を返してきた。

「ひとつの噂があって、実際家に帰ってこなくなった。それで十分じゃないですか。本来なら不義は御法度、捕まえて成敗したって誰にも文句は言われませんよ。私には、あれの居所を突き止めて、この目で不義の現場を見る勇気はありません。お咲には、私が我慢していることを伝えて下さい。こんな情けない話をしたくなかったんですが、仕方がありません」

では私は仕事がございますのでと、忠兵衛はさっさと部屋を出て行った。

お吟たちは追い立てられるように菱屋を出て来た。

「お吟さん、おかしいと思いませんか」

菱屋を出てまもなく、與之助が振り返って菱屋を見た。

千次郎も與之助も、お吟の父親丹兵衛が北町奉行所の同心だった青山平右衛門から十手を預かり、岡っ引をやっていた頃の手下だ。丹兵衛が亡くなり、今は捕り物とは縁遠い千成屋の一員だが、悪の臭いを嗅ぎ取る力は並々ならぬものがある。

「ええ、私もそのように思いました。お咲さんには話せませんが、あれではまるで夫婦の愛情などあったのかしらと疑ってしまいます。二人の間には何か別なものがあった、そう思えて仕方がありません」

「あっしもおんなじ考えです。本当に女房に惚れていたなら、相手のところに乗り込んで八つ裂きにするぐらいの怒りを持つのが普通でしょ」

千次郎も苦々しい顔で言う。

お吟は頷くと二人に言った。

「千次郎さんと與之助さんは、菱屋と夫婦の仲について調べてもらえませんか。私はこれから根生院まで行ってきます」

「分かりやした」

二人の頷くのを見て、お吟は一人で湯島に向かった。

吹き抜けて行く風は、氷のように冷たい。お吟は襟巻きで頭を覆い、残った部分を首に巻き付け、黙然と歩いて行く。

——しかしいったい、おやえさんは根生院に何をしに行ったのだろうか……。

今のお吟には、それさえ謎だった。

お咲から、千切れた紙に描かれた地蔵の絵を見せられた時から、謎だらけだった。いまだかつて、こんな依頼を受けたことはなかったのだ。

――それでもやる。きっちりと解明するまでやる。

それでこそ千成屋だと、お吟は筋違御門（すじかいごもん）を抜け、前を見据えて下谷（したや）に入った。

三

「こちらの修行僧と菱屋のお内儀が不義……」

根生院の僧は首を傾げた。

寺領（じりょう）三百五十石を幕府から賜る根生院は、春日局（かすがのつぼね）の発願（ほつがん）が始まりと言われていて、江戸城西の丸の御祈願所としても有名な寺である。

寺内には池もあり樹木が茂り、山門までの参道、それに境内も四季折々を楽しめる御府内札所のひとつでもある。

だからかどうか、寺に勤める僧も、どことなくゆったりと構えている様子で、寒さを押して歩いて来たお吟は、少しいらいらして次の言葉を待った。

「あっ、そういえば……」

僧はふと何かに気づいたようだった。

「確かに美しいお内儀を見たことがあります。いつだったか、そうだ、昨年のことです、何度か見ました」

「どなたに会いに来ていたんでしょうか？」

「同輩の者の話では、会いに来ていたのではなく両親の命日だからと手を合わせに参っていたようです。確か近江の人だとか」

「そうです、近江の方です」

お吟は頷く。

「しかし不義の話は聞いたことがありませんな。そのお内儀が昨年の暮れに参られた時に、あそこの石像の前で話していたのは権兵衛(ごんべえ)という下働きの男です」

「権兵衛……」

初めて聞く名前だったが、僧の次の言葉を聞いて驚いた。

「そういえば、権兵衛も近江の人だと聞いたような」

「近江ですか……」

目を丸くしたお吟に、

「ちょっとお待ち下さい。庫裡(くり)の者に聞いてみましょう」

僧は庫裡の中に入って行った。

お吟は、冷たくなった手に息を吹きかけた。

どこからか鳥のささ鳴きが聞こえて来た。

辺りを見渡すと、向こうの本堂の方に何本かの梅の木が見え、もう白い花を咲かせている。

一瞬寒さを忘れて見入っていたが、呼ぶ声に気付いてそちらを向くと、先ほどの僧が庫裡の方から手招きしているのが見えた。

お吟は小走りして向かった。すると僧は庫裡の中に誘い入れて、賄いの初老の男に白湯(さゆ)を持って来るよう言いつけた。

「どうぞ、まず体を温めて下さい。それからこの爺(じい)さんに権兵衛のことを訊いてみて下さい。権兵衛もこの庫裡で爺さんと一緒に働いていましたから……」

僧はそう言って奥に消えた。すると、爺さんが白湯を入れた茶碗(ちゃわん)を盆にのせて持ってきた。白髪(しらが)頭で顔には無数の皺(しわ)が波のように走っている。

「おいしい、ショウガを入れてくれたんですね」

お吟がおいしそうに白湯を飲むと、

「菱屋のお内儀も、そう言ってショウガ汁を喜んでくれましたよ」

爺さんはそう言って笑った。

「あの、なぜ菱屋のお内儀は、このお寺にたびたび足を運んで来ていたのかご存じですか」

お吟は、早速爺さんに訊いてみた。

「最初は単なるお参りだったと思いますが、いつだったか、そうだ、去年の秋も終わり頃でしたが、境内の落ち葉を掃いていた時でした。お参りにやって来ていたお内儀が、権兵衛を見て驚いたんです」

「ということは、会った時から、権兵衛さんが近江の人だと分かった、ということですね」

お吟の問いに、爺さんは頷いた。そしてさらに、

「権兵衛の方も、内儀を知っていたんです」

「知っていた……」

お吟の顔は、次第に緊張していく。

爺さんの話によれば、内儀と権兵衛は会った途端に、あっと声を上げたのだという。その時、

「おひさしぶりです」

内儀は懐かしそうに挨拶をしたが、権兵衛の顔はみるみる強ばって、内儀の側から逃げてしまったのだ。

内儀はその時、逃げて行く権兵衛の背を不審な顔をして見送っていた。

爺さんはその夜、床に入ってから隣に寝ている権兵衛に訊いてみた。

「なんでおめえは逃げたんだよ。あのお内儀は困ったような顔をしていたぜ」

だが権兵衛は、寝たふりをして何も答えなかった。

人に言えない何かがあるのだろうと爺さんは思い、それ以後権兵衛に、内儀のことについて訊くことはなかった。

だが権兵衛は、その夜からうめき声を上げたり、

「かんべんしてくれ、許してくれよ」

などと夢の中で、泣き声を上げるようになっていった。

「おめえ、何か辛いことでもあったのかい。もしそうなら、こんなに仏の近くで働いている身じゃねえか。仏様に手を合わせて訊いてみろ。どうすれば心安らかに暮らせるか……実をいうと俺も昔は悪さをいっぱいしてきたんだ。これじゃあ成仏できねえ、せめて安らかな最期を迎えたい、人間らしく終わりてえ、そう思ってよ、すっかり昔の悪友とは縁を切って、ここで働くようになったんだぜ」

爺さんはそう言って慰めたのだという。

「まもなくの事でした。またあのお内儀がやって来た時に、権兵衛は庫裡に呼んで何やら話していたようなんだ」

爺さんは淡々と話していく。そしてお吟がショウガ湯を飲み干したのを知ると、

「もう一杯、どうだい？」

優しい気遣いをみせ、お吟がもう結構だと礼を述べると、また話を継いだ。

「その時、お内儀は泣いていやした。それから二、三回、お内儀はやって来やしたが、いつも切羽詰まったような顔で二人は話しておりやした。それからまもなく権兵衛はいなくなったんですが、その少し前、お内儀と何やら話した夜から、それまで続いていた権兵衛のうめきや泣き声は無くなったんでさ」

「では権兵衛さんとお内儀の不義などは」

「ありえませんや」

爺さんは即座に否定した。そして、

「あの二人が不義の仲だなぞと……それが本当なら、あっしは逆立ちして境内を走りやすよ」

爺さんは、歯の抜けた口を開いて笑った。

「あら、ご隠居さま、いらしていたんですか。留守にしていてすみません」

千成屋に戻ってみると、青山平右衛門が居間の炬燵に入って、おちよに熱燗を用意させ、ちびりちびりと一人酒を楽しんでいたのである。

「何、おちよからいろいろ話を聞いていたのだ。お吟、今度の頼みごとは臭うな、大いに臭うぞ」

平右衛門はお銚子を手に取ると、

「まっ、お前もどうだ……あたたまるぞ」

お吟に酒を勧めたが、

「あの二人がもうすぐ戻って来ると思いますから……」

やんわりとお吟は断った。

「ったく、可愛げのない娘だ。で、その謎の地蔵とやらを見せてくれぬか」

興味津々の平右衛門だ。家督を倅に譲って隠居したとはいえ、まだ体をもてあますぐらい健康な老人だ。

毎朝の素振りは欠かさないらしいし、今でも道場に顔を出しているというのだから、事件の臭いがするとなれば、じっと見てはいられないのだ。

お吟が地蔵の絵を見せると、

「うぅん……」

などと、もっともらしく眺めていたが、

「分からんな、これじゃあ……どこにでもある地蔵だ」

紙切れをお吟に返して来た。

「でしょう……最初は地蔵を探してみたんですが、なかなか難しいってことが分かったんです。それで方針を変えて、姿を消した姉さんの行方を調べているんですが」

お吟は、これまでの調べを平右衛門に話した。むろん今日、根生院で聞いてきた話も告げた。

平右衛門は、鋭い視線を一点に注ぎながら聞き終わると、

「お吟、その内儀は殺されているかもしれんぞ」

険しい顔で言った。

「ええ、私も案じているのですが……」

お吟は相槌（あいづち）を打つ。

心の中でちらと浮かんだ内儀消息の疑惑は、同じ頃に姿を消している根生院で働いていた権兵衛の身の上にも言えることだった。

真っ先に疑うべき人物は亭主の忠兵衛だが、しかし今のところは何の証拠も無い。何故内儀も権兵衛も姿を消したのか、消えた事情が分かれば、この依頼は完結する。

「そのためには、ご隠居さま、やはりこの地蔵が鍵なんです」

お吟が言ったその時だった。千次郎と與之助が帰って来た。

「これはご隠居」

二人は平右衛門に頭を下げた。

「おっ、その顔は、何か掴んできた顔だな」

平右衛門はにやりとして、

盃（さかずき）を置いて二人の顔を見た。

「よし、話せ」

「まず、お内儀のことですがね。近所の話では亭主とうまくいってなかったようですね」

千次郎がまず報告を始める。

菱屋忠兵衛は、おやえを女房にしたのは商人としての体面を考えてのことで、岡場所に女がいるのだなどと自慢していたらしい。

ただ、だからと言って身請けして女を囲う考えはなかったらしい。囲えば金がかかる。無駄な金は使いたくない。人として情愛のある人間ではなかったようだ。

「だからかどうか、内儀はたびたび湯島天神に行って気を晴らしていたらしいというんでさ。話をしてくれたのは一軒おいた下駄屋の女房です。湯島天神で売っている餅(もち)を菱屋の内儀から貰ったこともあるのだと言っていやした。夫婦の仲は、とっくに冷め切っていたようです」

千次郎が話し終えると、今度は與之助が口を開いた。

「こっちも少し菱屋の危うい話なんですが、あの店の品を仕入れて小売りをしているという男から聞いたんです。背中に反物を背負って商いをするあれですよ。常治(つねじ)って男なんですが、昨年の晩秋だったって言ってましたが、仕入れの品を店の手代と選んでいるところに、妙な男が入って来たっていうんです。そして忠兵衛さんを呼んでくれって言ったそうです」

與之助は、お吟を、そして平右衛門の顔をきっと見る。思わせぶりなその顔は、これから語る話の重要性を示唆していて、してやったりの表情だ。

「ふむ、つまり主の忠兵衛とは知り合いだって事だな、その男は……」

平右衛門が言った。

「へい、おっしゃる通りで、その男は近江の者だ、権兵衛という者だと……」

「ちょっと待って、近江の権兵衛、間違いありませんね」

　お吟が驚いて念を押す。

「へい、そしたらすぐに忠兵衛が奥から飛んで出て来たようなんですが、店にいた常治や店の手代たちの視線から権兵衛を引きはがすように奥に連れて行ったというんです」

　與之助はまた皆の顔を見回してから、話を継いだ。

「店にいた常治は、妙だな、と思ったそうです。出て来た忠兵衛の顔色が尋常じゃあなかったっていいますから……そしてそれからいくらも経たないうちに、権兵衛は店を出て行ったんですが、その時権兵衛は捨て台詞（ぜりふ）を残しているんです。阿漕（あこぎ）な奴め、許せねえって……」

　お吟は頷き、

「少し見えてきました。おやえさんが何度も足を運んでいた根生院の庫裡で働いていた男も行き方知れずになっているんだけど、その男は近江の出で、権兵衛という人です」

　與之助も千次郎も、あっとなってお吟の顔を見た。

四

翌日、馬喰町の旅籠で待機していたお咲が、與之助に連れられて千成屋にやって来た。

お吟は、これまでに調べてきたことをお咲に告げ、権兵衛とおやえが会っていた話も伝えた。

「姉さんが権兵衛さんと会っていた……」

お咲は、腑に落ちない顔で、お吟を見た。

「知っているのですね、権兵衛という人を」

お吟は訊く。

「はい。といっても私が権兵衛さんを初めて見たのは、父が亡くなった時です。忠兵衛さんと一緒に父の野辺送りに来てくれたんです……」

だがお咲の記憶では、母親が亡くなり、姉のおやえが忠兵衛と夫婦になって江戸に向かったその後に、もう一度権兵衛がお咲の家にふらりとやって来たことがあった。

姉の結婚のお祝いの言葉を掛けてくれるのかと思ったら、そうではなくて、

「忠兵衛さんが江戸に店を開いたというのは本当かね」

権兵衛が口に出したのは、忠兵衛のことだった。

お咲がそうだと伝え、屋号は菱屋で、姉さんは菱屋のおかみさんになりましたと告げると、

「ちっ」

権兵衛は舌打ちをしたのち、

「うまいことやりやがって……」

憎々しげな表情で帰って行ったのだった。

お咲は、権兵衛が発した最後の言葉の意味をはかりかねて、しばらく気分が晴れなかったが、まもなく忘れてしまったのだった。

「格別つきあいがあった人ではありません。ですからそんな人と、なぜ姉さんが何度も会っていたのか、私には分かりません」

お咲は首を傾げた。

「先にも話しましたが、忠兵衛さんは、おやえさんがその男と不義をしていたと言い張っているようなんですが」

お吟が言うと、お咲は笑って言った。

「権兵衛という人は、もうかれこれ五十に手が届くような人です。背が低く、肌の色は赤茶けていて、目はぎょろりとしているし、唇も異様に厚いんです。それに、権兵衛さんは、畑も山も持ってなくて、普段はあっちの野良仕事、こっちの野良仕事と日傭取りをして暮らしていました。ただいつからだったか忠兵衛さんの手下となって、絹織物を村の女たちから買い上げるようなこともやっていました。ところがそのやり口が阿漕だ、買い叩かれたと嘆く人もいて評判はよくなかったんです。まさか姉さんがそんな人を不義の相手に選んで行方をくらますなんて信じられません」

お吟は頷いた。そして更に尋ねた。

「すると、権兵衛さんにとって忠兵衛さんは、手間賃の入る仕事をくれる大切な人だったんですね」

「はい、そうだと思います」

お咲は頷いた。

お咲の父親は、村の者たちからも信用され頼りにされた仲介人だった。取引をしていた仲買人も忠兵衛だけでは無く、村の女たちが暇を惜しんで織った布を、出来るだけ良い条件で買ってくれる仲買人に売ってあげようと腐心していた。

ところが権兵衛の場合は、忠兵衛専属の仲介人で、いかにして買い叩いて集めるか、自分の手間賃しか頭になかった人だ。

「すると、時にはお咲さんの父親と権兵衛は、競争相手になるって事もあるのじゃないか」

與之助が言った。

「そんな男と姉さんは、なぜ会っていたのか……」

千次郎も言う。その時だった。

「お吟さん、お客さんです」

店番をしていたおちよが、お吟を呼びに来た。

「誰かしら……」

店に出てみると、鹿之助が待っていた。

「お吟さん、地蔵の本が見つかったぞ」

鹿之助は、お吟の顔を見るなり言った。

「ほんとですか」

驚くお吟に、鹿之助は一冊の本を上がり框(がまち)に置いて捲(めく)りながら、

「麴町の金華堂が、先年御家人の長柄彦左衛門というご隠居が長年描き溜めてきた野辺の地蔵の本を作りたいというので刷ったらしいんだが……」

頁を捲る手を止めると、

「これだこれだ。この地蔵じゃないかと思ったんだが……」

お吟に、その絵を見せる。

「！……」

お吟は、懐に入れてあった千切れた紙を出して本と並べた。

「間違いない……」

鹿之助が言う。

本の中に紹介されている地蔵の周りには、千切れた紙に描かれていた地蔵と同じく、菜の花が描かれていて、場所は神田昌平橋 南袂から西に五間（約九メートル）の所、鼻欠け地蔵と呼ばれて親しまれている、などと説明文がある。

「鼻欠け地蔵？」

お吟が注意して両方の地蔵を見てみると、確かに鼻が欠けている。

「気がつかなかった、ほんとだ、欠けている」

お吟は独り言を言い、顔を上げると鹿之助に、

「鹿之助さん、恩に着ます」

手を合わせて礼を述べる。

「なあに、いつか倍にして返してもらうから。この本は用が済んだら返してくれ」

鹿之助は立ち上がると、笑顔を残して帰って行った。

「お吟さん、地蔵の在処(ありか)が分かったんですね」

與之助、千次郎、そしてお咲が、興奮した顔でお吟の側に歩み寄った。

お吟は與之助と千次郎、それにお咲も連れて、すぐさま昌平橋に向かった。

與之助の手には、小さな鍬(くわ)が握られている。

四人は無言で足を急がせた。気が急(せ)いてしゃべる暇もない。特にお咲は、何かに憑かれたような顔で先を急ぐ。

昌平橋の袂にたどり着いた時、四人は本の中にあった方向に目をやった。

一帯は枯れた茅(かや)が風に抵抗するように、ひゅうひゅうと獣の鳴き声のような音を立てている。

今の季節、菜の花がある筈(はず)もない。ただ良く見ると、茅の株の中には、新しい青い芽が吹き出ていた。

「あった！」

與之助が声を上げたのは、まもなくの事だった。

するとお咲が、そこに走った。お吟たちも走った。

石の鼻欠け地蔵は、吹きさらしの土手の隅に立っていた。

お咲が走り寄って、その足下を素手で掘ろうとする。

「待って、お咲さん！」

お吟が制した。

與之助が地蔵の周りを検め、鼻欠け地蔵の後ろのところに、以前に掘ったあとを見つけた。

「お吟さん、ここですね」

その場所を示してから、鍬で掘り始めた。

「！」

いくらも掘らないうちに、油紙に包んだ物が出て来た。

お咲が急いで取り上げて、油紙を剝がした。

中に半紙に書き連ねたものがある。数枚あるようだ。

お咲は急いで広げた。

姉の文字がお咲の目に飛び込んで来た。

――お咲へ――

「姉さん……」

お咲の目に、みるみる涙が盛り上がる。最初の二、三行を読んだだけで胸がつまって先へ進むことが出来ない。

お咲は、お吟に姉の文を差し出した。

お吟が受け取って読む。次第に顔が強ばっていく。お吟は読んだ文を、與之助に手渡していく。

與之助と千次郎は、肩を寄せ合って文を読む。

二人の顔も、読み進めるうちに強ばっていく。

その文には、父は、瀬田川で溺れ死んだのではなく、忠兵衛が川に突き落として殺したのだという驚天動地の事実が記されてあったのだ。

十年前、お咲たち姉妹が暮らす村は、絹織物の値段が下落して、織物に携わる女たちの暮らしは厳しくなっていた。

その織物を預かって反物の仲買人たちに仲介するお咲の父親は、一文でも高く買ってくれる仲買人に売ろうとしていた。

そこに割って入ってきたのが忠兵衛だった。お咲の父親が扱う絹物は評判が良かったからだ。

忠兵衛は権兵衛を手下として使っていたが、権兵衛にはお咲の父親のような手腕はなかった。集めてくる絹物は二等品ばかりで、忠兵衛からはただの厄介者扱いされていた。

なんとかお咲の父親から絹物を買いたい忠兵衛は、お咲の父親を説得するのだが、そんな値段では売れないと、お咲の父親はつっぱねたのだ。

織子の苦労を知っているお咲の父親は、それまでも決して安易な妥協をしないという評判だった。そのことは忠兵衛も良く知っていたから困った。

そこで忠兵衛は、権兵衛を使って、お咲の父親を呼び出した。

「今日は商いは忘れて、瀬田川で魚でも釣ってみたい。つきあってほしい」

忠兵衛の言葉を信じたお咲の父親は、断ることもできずに出かけて行った。

今回忠兵衛と取引しなくても、次回は世話になるかもしれない、そう考えたようだ。

仲介人の腕のみせどころは、仲買人や呉服屋から直接やって来た商人と、いかにつかず離れずつきあっていくかにかかっている。お咲の父親でなくても、当時仲買人だった忠兵衛に誘われれば、出かけて行ったに違いない。

釣り船は権兵衛が用意していた。

三人は船に乗って釣りを始めたのだが、船を岩陰に寄せて釣り糸を垂らしたその時、忠兵衛はかねて用意してあった木刀で、お咲の父親の頭を一撃したのだった。

そして気を失ったお咲の父親を、権兵衛に手伝わせて川に放り投げたのだ。

二人はしばらくそこに留まって、お咲の父親が気がついて息を吹き返したりしないように見届けていたというのだった。

おやえは最後に、自分は訴え出るつもりだ、権兵衛には証人になってもらうよう、これからその説得に行くのだと書いていた。

お吟をはじめ読み終えた一同は、忠兵衛の非道に言葉を失った。

「かわいそうな、おとうはん……おとうはんが亡くなったことで、おかあはんもどれほど苦労をしたことか」

お咲は泣き崩れた。

──おやえはおそらく忠兵衛の手の内にある……。

生きていれば良いが、一刻も早く助け出さなければとお吟は思った。

「お咲さん、お咲さんは宿に戻って待っていて下さい。姉さんは、きっと見つけ出しますから」

お吟は與之助にお咲を送らせると、千次郎と二人で菱屋に向かった。

五

菱屋への張り込みが始まった。

一気に忠兵衛を責める手もあるのだが、おやえの消息、生死を摑まなければ強行することは出来ないと思ったからだ。

與之助と千次郎が、四六時中菱屋を見張り、忠兵衛が外出する時には、気づかれぬようあとを尾ける。

お吟の予想では、もしおやえが忠兵衛の手の内にあるのなら、必ずおやえの様子を見に行くに違いない、そう考えていたのである。

だが、張り込んで三日、忠兵衛は動かなかった。

與之助と千次郎は、菱屋の向かい側にある蕎麦屋の二階を借りて、そこから見張った。

「與之さん、お咲さんは大丈夫なんだろうね」

外に視線を投げたまま、千次郎が言う。

「おちよちゃんに目を離さないように言いつけてあるから大丈夫だ」

與之助も外に視線を投げたまま答える。

お咲は、一度は與之助に連れられて宿に戻って待機していたのだが、次第に忠兵衛への憎しみが大きくなり、じっとしてはいられなくなったようだ。

宿を出ると、ふらふらと菱屋の前までやって来て、店の中に入ろうとしたのである。

見張っていた二人が気づき、飛び出して行って引き留めたのだが、感情にまかせてまた何時菱屋に押しかけるかもしれないのだ。

そこでお吟は、お咲を説得して千成屋に連れて来た。おちよに世話と監視を頼んだのだった。

「どうだ、変わったことはないのか？」

突然声を掛けられ、二人は振り向いた。

平右衛門が入って来たのだった。

「ご隠居、どうしてここが？」

笑って聞き返した千次郎に、

「なあに、わしもじっとしてはいられぬよ」

平右衛門はそう言うと、背後を振り向いて誰かに入れと言った。

すると、この蕎麦屋の婆さんが蕎麦二人前を盆に載せて入って来た。

「わしのおごりだ。腹が減っていてはいざという時に役にたたぬ。わしが見張っていてやるから、食え」

平右衛門は二人を窓際から退けて、自分がそこに陣取った。

「すみませんご隠居、ごちになりやす」

二人は丁度腹が空いていた。山盛りの蕎麦をがつがつ食べる。

それを見ていた婆さんが、お茶を淹れながら、

「若いっていいですね。近頃あたしゃ、若い頃はどんなに美人だったのかなって考えることがあるんですよ」

と言うのだ。

「んっ……」

與之助と千次郎が、何か聞き間違えたのかと婆さんの顔をまじまじと見詰めると、婆さんは、

「いやですよ、そんなに見詰めないで下さいな、そりゃあ、いくら歳をとったといっても、昔の名残はありますからね、ほんとに人も羨む顔立ちだったんでございますよ」

はいはいそうですかと、與之助と千次郎が残りの蕎麦に箸をつけた時、

「向かいの、菱屋さんのお内儀も、ほんと美しい人だったのに、どうしちまったんでしょうね」

菱屋の話に飛んだのだ。

「婆さん、菱屋の内儀を良く知っているのか？」

平右衛門が尋ねると、

「昔お役人様だった方に訊かれちゃあ黙っている訳にはいきませんね、ええ、良く知っていますよ」

さらりと言ったが、

「でも……」

今度は目をぎらぎらさせて、

「この一月姿を見ないんですよ。どうしたのかしらと忠兵衛さんに訊いてみたら、ちょっと野暮用で出かけているっていうじゃありませんか。そんな馬鹿な、ねえ、そうでございましょ」

もう得意になって婆さんは歯抜けの口をぱくぱくさせて話すのだ。

「それで……」

平右衛門が、その先の話を急がせると、

「それが、どこで何をしているのやら、話してくれませんでしたからね」

三人はがっかりした顔を見合わせる。だが、

「ただね、通いの女中さんがいるのよ。お里ちゃんていうんだけど、その子なら何か知っているかもしれないって思っているんだけどね」

婆さんはそう言うと、にっと笑って階下に降りて行った。

「確かに女中はいますよ。毎日昼過ぎに出かけて行ってます」

與之助が言う。

「毎日だと？」

平右衛門が訊く。

「へい、毎日です。まさかとは思いますが」

「よし、忠兵衛が出て来るのを待っている間に、一度その女中を当たってみるか」

平右衛門は言った。

まもなくだった。菱屋の表に若い女が姿を現した。

「お里だ」

千次郎が言った。平右衛門も與之助も窓辺に寄る。

「おっと、あれは忠兵衛ですぜ」

お里を追っかけるように出てきたのは忠兵衛だった。忠兵衛は何かお里に言いつけている。お里が頷くと、忠兵衛は店の中に戻って行った。

「よし……」

平右衛門が立ち上がった。

「ご隠居、あっしが行きます」

千次郎が立ち上がるが、

「いや、お前たちは忠兵衛を見張れ。お里はわしにまかせろ」

平右衛門は刀を腰に差して部屋を出て行った。

お里は、大きな風呂敷包みを抱えていた。

菱屋を出るとお里は南に道を取った。

平右衛門は、ふらりふらりとお里の後を追っていく。

お里が今川橋(いまがわばし)から西へふいに方向を変えた時、

「ご隠居さま……」

お吟が近づいて来た。

「しっ」

平右衛門は視線をお里の背中に流した。

近づいて来たお吟に、あれは菱屋の女中だ、あとを尾けているのだと告げると、
お吟は頷き、

「どうしても顔を出さなければいけない頼まれごとがあって行って来たんですが、では私も」

そう言うと、二人は前後してお里の後を追った。

お里は鎌倉(かまくら)河岸に出た。そしてそこから北に折れ、木々の茂る空き地の中に入って行った。

空き地は三百坪ほどあるようだった。おそらく誰かの屋敷があったと思われるが、

それが取り壊されて植樹されていた木々だけが残ったものらしい。

お吟と平右衛門は、気づかれぬように中に踏み込んで行く。

「あれだな……」

平右衛門が言ったのは、木々に囲まれて建つ小屋のことだった。寄せ集めの木や板で作った粗末な小屋だった。

「行くぞ……」

二人は腰を低くして、その小屋に近づいて行く。

「見張りですね」

お吟が視線を遣ったのは、小屋の前で木の切り株に座り、鎖のようなものをぶんぶん回している男だった。

見張りがいるという事は、小屋の中に誰かがいるという事だ。

お吟と平右衛門の顔に、俄に緊張が走る。

「よし、お吟、お前は裏手に回って中を確かめるのだ。中にいるのが内儀だったら知らせてくれ」

平右衛門は言った。

お吟は感づかれないように小屋の裏手に回っていく。

板壁の隙間を見つけて中を覗いた。

藁を敷き詰めた上に、女が臥せっている。

お里がその女を起こし、持参した食事を匙ですくって与えている。

粥だろうかとお吟は思った。

その二人の少し向こうには、目のぎょろりとした、唇が異様に厚い男が、柱に縛りつけられて足を投げ出していた。

――あれは……権兵衛という男だ！　そしてあの女は菱屋の内儀……。

視線を手前の臥せっていた女に戻すと、女はお里が差し出す匙を手で払っている。

もう食べたくないと言っているのだ。

すると、お里が困った顔をして、

「おかみさん、助けてあげられなくてごめんなさい。お里はこのような事しかして差し上げられないのです。でも、元気になってほしいんです」

すると、おかみさんと呼ばれた女が言った。

「どうせ殺されるんです。いいんですよ、お里ちゃんが嘆かなくても……」

「おかみさん……」

お里は、顔を覆って泣き出した。

お吟は静かにその場から退いた。そして石ころを拾うと、平右衛門が待機している近くに投げた。

平右衛門は、それを合図に小屋の戸口に向かって歩み寄る。

見張りが立ち上がった。

「なんだなんだ、向こうに行ってくれ」

鎖をぶんぶん回して脅すが、

「そうはいかぬ」

平右衛門は、あっという間に男の鳩尾(みぞおち)を打ち、男が腹を押さえたその時、男の腕をねじ上げていた。

さらにもう一撃、男はその場で気絶した。

「お吟！」

平右衛門の合図で、二人は小屋の中に走り込んだ。

「菱屋のおやえさんですね」

驚いている女に訊いた。

女は、こくりと頷いた。

「助けに来ましたよ。妹さんも、この江戸に来ているんですよ」

お吟が伝えると、

「お咲が……」

驚いて聞き返す。

「はい、私は千成屋のお吟といいます。お咲さんに頼まれて、おやえさんを捜していました」

「ああ……ありがとうございます」

おやえは、思わず手を合わせた。

その時平右衛門は、権兵衛を縛りつけていた縄を解いたが、もう一度手首に縄を掛けなおして、その端を握って言った。

「お前には証言してもらわねばならぬ事がある。逃げられては困るからな」

権兵衛は憔悴した顔で、小さく頷いた。

「お里さんでしたね。急いで町駕籠を呼んで来て下さい」

お吟が言った。

六

「おやえさん、いかがですか……」

お吟は朝食を済ませたのち、おやえの部屋に顔を出した。

「ありがとうございます。随分と良くなりました」

起き上がっておやえが礼を述べれば、側に付き添っているお咲も、

「本当にお吟さんのお陰です。今も姉さんに話していたところです。こちらに、あのお地蔵さんのことを頼みに来なかったら、今頃姉さんの命は無かっただろうと……」

お咲が言う通り、あの小屋の見張りをしていたごろつきの告白によれば、おやえと権兵衛は不義密通の末に手に手を取って心中した、互いに体をしごきで縛りつけて、大川に飛び込んだ、そういう筋書きにする予定だったというのである。

「よかったこと、遠慮しなくてよろしいのですよ。すっかり元気になるまでここにいて下さい」

お吟は、白い顔のおやえを見た。

おやえはお咲が言っていた通り、美しい顔立ちをした女だった。

外にむつみ合う女を求めていた菱屋の忠兵衛も、商人としての体面を考えれば、妻はおやえでなくてはならなかったに違いない。

――それにしても……。

今後のなりゆきが気にかかる。

忠兵衛が捕縛されたのは五日前のこと、北町の同心が菱屋に踏み込んだのは、おやえを救出したその日のことだった。

指揮をとったのは陰で差配した平右衛門。滞っていた血が久しぶりに全身を巡りだしたように、平右衛門は同心たちの背後であれこれと指示を出していたらしい。それを目の当たりに見ていた與之助と千次郎が帰って来て、お吟に熱の籠もった口調で説明してくれたのだ。

一方あの日お吟は、おやえをすぐに千成屋に連れて帰って来た。そして、なじみの医者を呼んでおやえを診察してもらったのだ。

おやえの衰弱は、臓器のどこかに病があるというのではなく、一月以上監禁されて、食事もろくにとれなかったのが原因だと医者から聞き、皆ほっと胸をなで下ろした。

医者はおやえに、高麗人参（こうらいにんじん）のお茶を勧めた。

それは根っこの部分を砕いてお茶にしたもので、値段が安価な割には十分な効き目があるということだった。

お咲が是非にもお願いしたいと医者に申し出たことで、その人参茶を朝晩呑ませ、食事はおちよが、粥から徐々に普通食へと気を配り、昨日からはお吟たちと同じものを、おやえも食べられるようになっている。

「今日か明日には、床上げができそうですね」

お吟が笑みを見せて立ち上がった時、

「お吟さん、北町の名倉さまって方がご隠居さまとお見えです」

おちよが知らせに来て、お吟は店先に急いだ。

「お吟、いよいよ明日、忠兵衛は小伝馬町に送られることになったぞ」

平右衛門は、お吟の顔を見るなり言い、

「詳しいことは、この名倉佐十郎から聞いてくれ」

一緒にやって来た、北町の同心を紹介した。

「名倉です。菱屋忠兵衛に縄を掛けた者です」

名倉佐十郎は言った。

「ありがとうございました。お陰様でおやえさんも元気になりまして、私もほっとしております」

お吟が礼を述べ、二人を座敷に上げてお茶を出すと、

「いや、あの日に踏み込むのは大丈夫かと、つまり北町のわれわれとしては何も証拠を摑んだ訳ではなかったので、最初のうち二の足を踏んだのですが、なにしろご老体に『わしが責任をとる』などと一喝されては放ってはおけない。それでその日に捕り物となったのです」

名倉は笑った。

「ご老体だと……少し気を付けて物を言え」

平右衛門がすかさず言う。

「これですからね、大先輩ですから、定町廻りの者は逆らえないのです」

名倉はお茶を飲みながら笑った。

だが、茶碗を下に置いた時、名倉の顔は真顔で厳しいものになっていた。

「先ほどもご隠居がおっしゃった通り、この五日間で大番屋の取り調べは終わりました。調べたのは吟味をする与力の中でも『鬼の奥田』と恐れられている奥田官兵衛さまで、忠兵衛の犯罪は紛れもないことと判明したのです」

名倉はまずそう告げると、大番屋で判明した忠兵衛の悪を掻い摘まんで話してくれた。

それによると、忠兵衛は最初のうちはシラを切っていたのだが、権兵衛が全てを証言したのだという。

お咲とおやえの父親殺害は、父親が村の仲介人をしている以上、良質の絹を買いたたいて自分の物にする事が出来ない、それが忠兵衛の動機だったようだ。

忠兵衛は権兵衛に、父親殺害を手伝わなければ、今後お前を見限る、使わない、そう脅して従わせたのだった。

しかも忠兵衛は、おやえを妻に欲しいと父親に申し込んだが、父親はおまえさんにはやれない、もう決まっているなどと頑なに断られて根に持っていたようだ。

その忠兵衛が江戸に店を持つことになったと知った権兵衛は、江戸に出て忠兵衛を頼ろうとしたらしい。

ところがけんもほろろに追い返されて、いつか復讐してやると考えていたのだという。

そして、偶然おやえと再会した権兵衛は、おやえに父親殺害のことを話してやったのだ。

その時は忠兵衛への復讐というよりも、何も知らずに忠兵衛の女房になっているおやえが気の毒で、それに贖罪の気持ちもあったようだ。

ところが二人が会い、自分の過去の悪がバレたらしいと知った忠兵衛は、二人を捕まえて小屋に押し込めたのだった。

「頃合いを見て不義者として処罰する」

忠兵衛は二人を引き据えて、小屋でそう宣言していたのだ。

「そういう事だ。忠兵衛も罪を認めざるを得なかった。奴は重い刑を言い渡されるに違いないのだ」

側から平右衛門が言う。

「では、権兵衛さんの方は？」

案じ顔でお吟が訊く。

「情状酌量の余地はあるだろうが、権兵衛もただではすまないと思いますよ」

名倉は言った。

――これで終わった……。

お吟は胸をなで下ろした。

「ご隠居さま、今お酒を用意いたしますから、体を温めてからお帰り下さい」

お吟の言葉に、平右衛門はにっと笑って、

「名倉、膝を崩すがいいぞ。ここは遠慮のいらぬ家だ」

早くも平右衛門は飲む気満々、膝を崩した。

「お吟さん、雪です、雪が積もっています」

おちよの大声を聞いて、お吟は縁側の戸を開けた。

「まあ……」

庭もそのむこうも銀世界だった。昨夜（ゆうべ）のうちか今朝方か、お吟たちが布団の中にいる間に降ったらしい。

積もっているのは一寸（約三センチ）ほどだが、どこまでも雪が覆い、その雪が昇り始めた陽の光を受けて、きらきらと輝いている。

お吟はうっとりとして、しばらく見詰めた。

その脳裏には、昨日暇乞（いとまご）いにやって来た、お咲とおやえの顔が浮かんでいる。

健康を取り戻したおやえは、いったん菱屋に帰ったが、店を畳んでお咲と近江に帰って行ったのだ。

「忠兵衛の店を引き継ぐことには抵抗がありました。それで近江に帰って、父と同じように村の人たちのために尽力したいと思います」

おやえはそう言ったのだ。

――今はどのあたりかしら……。

そこにも、もしこのように雪が降っているのなら、二人はその雪を踏んで新たな決意で国に向かって歩いているに違いない。

——新しい春を迎えるために……。

二人が踏む雪の軽快な音が聞こえてくるようだ。

お吟はふっと微笑んで遠くを見詰めた。

海霧（うみぎり）

一

初夏を迎えた隅田川（すみだがわ）には、屋形船、屋根船、物売りの舟などが日夜賑（にぎ）わいを見せ、宵闇になれば連夜花火が打ち上がる。

心躍る華々しい花火の音は、日本橋に店を張る千成屋にも届いていて、店の者たちの腰は落ち着かなくなる。

「始まった……」

夕食の箸（はし）を止めて千次郎が言えば、

「あーっ、今のは大玉のみだれ菊だな」

與之助が応える。するとまた千次郎が、

「お吟さん、一度ぐらい屋根船でいいから花火を眺めながら一杯やりたいじゃありませんか」

皆の顔を見回して同意を求める。

「また始まったわね、毎晩言ってる」

おちょがくすくす笑って、お吟と顔を見合わせたその時だった。

店の戸を叩く者がいる。

「ごめん、開けてくれないか。頼みたいことがある」

男の声がした。

「誰かしら……」

お吟の視線を受け、千次郎はすっと立ち上がると、手燭を持って店に出た。

「どなた様ですか？」

千次郎は声を掛けながら、店の戸を開けた。

すると、するりと黒い影が二つ、店の中に入って来た。

千次郎は手燭を翳して影の顔を見た。

一人は頭巾を被った中年の武士、もう一人は切れ長の目をした若い武士だった。

「折り入って頼みたいことがござる」

若い武士が言う。

「どうぞ、上におあがり下さいませ、お話を伺います」

奥から出て来たお吟が促す。

「かたじけない、訳あって日中参ることが叶わず、このような時刻に相済まぬ」

改まった顔で若い武士は言い、頭巾の武士と目を合わせた。

楽しい相談事ではないことは二人の顔色をみれば分かった。

いずれも思いつめたような難しい顔をしている。しかもぴりぴりした気配も窺える。

お吟は二人の前に座った。

千次郎と與之助も、燭台に火を点すと、お吟の両脇に座った。

おちよがお茶を運んで来て引っ込むと、

「私がこの店の主で、お吟と申します。そしてこちらが千次郎と與之助、共に私の父が御用を務めておりました頃から手を貸してくれている者です」

まずはお吟が自分たちを紹介すると、

「私たちは牧島藩二万石、坂井加島守様配下の者です」

若い武士は、声を潜めて言った。

お吟たちが二人を見やって静かに頷(うなず)くと、

「こちらはご用人(ようにん)の大里平太夫(おおさとへいだゆう)さま、私は柿田十郎(かきたじゅうろう)と申します」

若い武士も自分たちの素性と名を告げ、頼みごとの内容を話そうと口を開きかけたが、お吟がそれを制するように告げた。

「歴としたお大名のご相談とは、どのようなものでございましょうか。まずはお話を伺う前にお伝えしておきたいことがございます。これまでに私どもは依頼されたご相談をお断りしたことはございません。それはこの店の看板を上げた当初からの決めごとでございまして、どのようなご相談もお引き受けしてきました。お武家様からのご依頼も、ご要望にお応えするために、よろず引き受けております。ただ、お見受けしたところ、何やら容易ならざるご用件の様子、万が一、お話をお聞きしてお引き受け出来ないとなると……」

お吟が最後まで言い終わらぬうちに、

「いや、他に頼めるところはござらぬのじゃ。まずは話を聞いてもらいたい。恥ずかしながら我らもワラにもすがる思いで参ったのじゃ」

用人大里はきっとお吟の顔を見た。

どうにも引き下がらぬと言った目をしている。

「私どもはヤットウは出来ませんよ。そういう話ではないのですね」

お吟が念を押した。すると用人大里は神妙な顔で頷き、

「実はさる御仁の食事の世話と、日々の安否を見届けていただきたいのじゃ」

意外なことを言った。

「食事の世話と安否の確認、でございますか?」

お吟はきょとんとして聞き返す。

「さよう、これまで世話していた男が亡くなってのう。しかし誰にでも頼める話ではない。実は藩邸内の者たちにも内緒のことゆえ、人選に難儀しておったのじゃ。そんなおり、こちらの千成屋の話を聞いた。ここだ、信頼して頼めるところは他にはあるまいと思っての……」

「お声がけいただきましたこと、有り難く存じます。して、お世話するお方は、どのようなご身分なのでしょうか」

「それは……」

用人大里は言葉に詰まった。少したためらった後、

「私にとってはむろんのこと、藩にとっても大切なお方、かけがえのないお方でご

ざる。今はそれ以上の話は出来ぬが……」

困った顔で、お吟を見た。

お吟は迷っていた。

用人大里の様子から、大きな厄介ごとを抱え込むのではないかという心配があったのだ。

お吟は両脇に座る千次郎と與之助の顔を見た。

いずれも思案の表情だが、そこはお吟の意志次第だという気構えは見て取れる。

用人大里は、お吟たちが逡巡（しゅんじゅん）しているのを悟り、

「切羽詰まってのことじゃ、なにとぞ、なにとぞ、手を貸してもらいたい」

お吟に頭を下げたのだった。

翌日、お吟は千次郎と與之助を連れて、用人大里が教えてくれた深川の佐賀町（さがちょう）にある町屋に向かった。

用人大里の武士の体面もかなぐり捨てた真率（しんそつ）な依頼振りに負けてしまったのだ。

「お吟さん、いい天気で良かったですよ。初日から雨に降られたりしちゃあたまりませんからね」

與之助はそう言って背負っている籠を、よいしょと揺すり上げた。

千次郎と與之助は、米や大根、野菜や魚や味噌など食料を多量に買い込み、それを入れた籠を抱えたり担いだりしているのだ。

これから訪ねる家に商人は誰も出入りしていなくて、世話をする者が必要な食材を用意しなければならないのだと聞いたからだ。

――やっかいな世話だ。

と思ったが、用人大里から金を預かっている手前、手ぶらで訪れるということも出来かねた。

そこで様々買い込んだのはいいが、普段から重たい物を持ったことのない二人は、もう息を切らしている。

「この辺りですよね、お吟さん」

千次郎は立ち止まると、付近を見回した。

大里の話では、昔商人の隠居屋敷だったところを購入したものだと言う。

「ああ、あそこだ」

與之助が指したその家は、板塀を巡らした二百坪ほどの小屋敷だった。

確かに古いが、新築当時は結構な美宅だったろうと思われた。

三人は木戸門をくぐって中に入った。

「……！」

そして辺りを見渡して驚いた。

玄関に向かう敷石の両脇には雑草が茂り、人が今住んでいるとは思えないような景色だったのだ。

風に丈の高い草がそよいでいる。

「薄気味悪いですね」

千次郎が言った。

まっすぐ二十歩ほど進めば玄関口のようだ。

家屋は右側の板塀に迫るように建てられていて、左手に土地を広く取り、庭を造っているようだ。

玄関に向かう敷石と左手の庭との間には、竹の垣根があって、そのむこうの広い庭には、紅葉の木や桜の木が見えている。だがしかし、垣根のむこうの庭にも雑草が茂っている様子だった。

お吟は玄関の戸を開けて声を掛けた。

「ごめんくださいませ、ご用人大里さまから頼まれて参りました」

だが返事は無い。

「主はものぐさなお方だ。返事がなくても、わしの名前を出して中に入ってくれ。そなたたちの事は伝えておく」

用人大里からは、そのように言われている。

三人は頷きあって、おそるおそる家の中に入った。

「うっ」

空気がかび臭い。

「台所はこっちだな」

千次郎と與之助が、運んで来た物を抱えて台所の方に向かった。

お吟は、そのまま奥の部屋に進んだ。

「！……」

次の部屋には大判の良質の美濃紙（みのがみ）が散らばっていて、その美濃紙には、鶏（にわとり）が描かれている。

この家の主は『勇三郎（ゆうざぶろう）さま』と聞いてきたが、

――絵師なのか……。

お吟は、次々に美濃紙を取り上げて絵を眺める。

庭で何かをつっついている鶏三羽。羽を広げて鶏冠を立て、喧嘩をしている二羽の鶏。そして母鶏を追っかける三羽の黄色いひよこ。

「…………」

鶏の絵で名声を博した若冲が亡くなって久しい。お吟なども若冲の鶏の絵は目にした事はあったが、あの若冲の圧倒される絢爛さと力強さのある鶏に比べて、こちらの絵は、線も細く、そこいらで飼われている、のんびりと歩きまわっている鶏の姿を描いている。

周囲の草むらや畑と溶け合い、のどかな田舎を思い起こさせるような牧歌的な鶏の絵だった。

――絵師にしては今ひとつ……。

お吟がそう思ったその時、

「ううう……」

奥の間から、唸り声が聞こえてきた。

お吟は一瞬ぎょっとなったが、この家に人の居ることは分かっている。歩み寄って襖を開けた。

「!……」

若い武士が、額に汗をかき、うつろな目をして臥せっていた。

「どうしました？」

お吟は走り寄って、若い武士の額に手を当てた。

「ひどい熱……」

お吟は、台所にいる千次郎と與之助を大声で呼び、どたどたと部屋に入って来た二人に、

「急いでお医者を呼んで来て頂戴」

ためらうことなく即時に命じた。

だがその時だった。若い武士の手がぐっと伸びてきて、お吟の手首を摑んだ。

はっとして、若い武士の顔を見ると、

「良いのだ、医者はいらぬ」

あえぎながらも強い口調で言った。

「駄目です。こんなに熱があるのに、お薬も飲まないでは死んでしまいますよ」

お吟は、叱りつけるように言う。

「いいのだ、死もよし、それまでの寿命だ」

若い武士はよわよわしい声で言って投げやりな笑みをみせた。

「勇三郎さま、でございますね」

お吟は初めてその名を口にした。

若い武士は苦笑して応えたが、勇三郎であることは認めた顔だ。

「私どもはご用人大里様から依頼を受けてここに参った者です。依頼を引き受けた以上、あなた様に何かあれば責任を問われます。お医者も呼ばずに放っておいたと知れれば、こちらが困ったことになるのです」

「ふっ……」

勇三郎は苦笑して、

「私がここでこうして生きていることは、世間に知れてはならぬのだ。医者を呼べば知れる。それでは困るのではないのかな」

「馬鹿なことを……ご安心を、お医者は私どものかかりつけのお方です。余計なことを他言するような方ではありません」

お吟は千次郎と與之助に頷いて見せた。

二人は頷き返すと、急いで外に走り出て行った。

「………」

勇三郎は、なすがままにという顔で天井に視線を投げている。

「熱が下がったらお粥（かゆ）でもつくりましょう。たまごも買ってきましたからね、力をつけていただかねば……」

お吟はそう言って膝（ひざ）を起こしたが、思いだして座り直した。

「申しおくれました。私は日本橋で、よろず相談事を受けております千成屋の主でお吟と申します。こちらに参りましたのはご用人大里さまからの依頼です。そして先ほどここにおりました二人は、千次郎と與之助と言いまして、店を手伝ってくれている者です。勇三郎さまのお世話は、この三人でいたします。毎日誰かが伺って食事の用意やお身の回りのお世話など致します。なんでも遠慮無く、おっしゃって下さいませ」

勇三郎から返事はなかった。

お吟は台所に行き、金盥（かなだらい）に水を張って枕元に戻った。すると、

「！……」

勇三郎が苦しげな息を吐いている。

お吟は慌てて勇三郎の額に手を当て、熱を確かめ、冷たい水で濡（ぬ）らした手ぬぐいを置いた。

――この人に何かあっては……。

　不安にかられながら必死に手ぬぐいを取り替え、水を取り替えして待っていると、医師の道庵（どうあん）が千次郎と與之助に付き添われてやって来た。

　お吟が礼を言って道庵を迎えると、

「お吟さんの頼みとあれば、断れぬよ」

　道庵は苦笑して、すぐに勇三郎の枕元に座った。

「ふむ……」

　慎重に勇三郎を診察してゆく。

　目の色、胸、腹、脈……。

　そして、息を殺して見守っていたお吟たちに、難しい顔をして告げた。

「危ないところだったな、肺の臓が弱っている。呼吸も乱れている。今夜が大事だ。今夜は油断禁物だな」

　道庵は薬箱から持参した熱を冷ます煎（せん）じ薬、滋養強壮の丸薬、それと、呼吸を楽にするために胸に塗る薬など、お吟の膝前に並べた。

「下着を替えてやりなされ。それから、火鉢に鉄瓶を掛けて蒸気を立てること、薬は必ず飲ませること。万が一症状が重くなったと感じた時には、ご苦労じゃが迎えにきてくれ、すぐに参る」

　道庵はそう告げて腰を上げた。

「與之さん、じゃあ送って差し上げて」

　お吟は言った。だが道庵は、

「駕籠（かご）を待たせてあるのじゃ。一人で帰れる。わしのことより看病をしてやりなされ」

　お吟にそう告げて帰って行った。


　千次郎は不満そうな顔で握り飯をごくりと飲み込んだ。

　夕食が握り飯ひとつでも、せめて茶碗酒（ちゃわんざけ）一杯ついていれば文句も言えないが、馴（な）れぬ家の座敷の隅で、嚙（か）む音も出さぬように遠慮して、握り飯を飲み込んでいるのだ。

　なにしろ隣室では熱に浮かされた病人が眠っているのだから、空き腹を癒やすのも遠慮がちだ。

「お吟さん、こりゃあ大変な仕事を引き受けてしまったような感じがしますぜ」

　與之助は、もぐもぐやりながら、小さな声で言った。

「あれこれ言わないの。病気の人を放っては帰れないでしょ」

お吟は制した。お吟だって、気の毒だという感情に流されて、つい引き受けてしまったこの仕事を、安請け合いしたんじゃないかと反省しているところだ。

なにしろ勇三郎は牧島藩ゆかりの者だと聞いてはいるが、草に覆われた不気味な屋敷に住むいわくありげな男に、不審を持たぬ方がおかしいではないか。

夜になると一層その感が強くなってきた。屋敷を覆っている闇そのものが不安を誘う。

「お吟さん……」

千次郎が怯えた顔で耳を立てた。

「わお～ん、わお～ん」

遠くで野良犬の声がする。

千次郎は、ぶるっと身体を震わせてから言った。

「お吟さん、勇三郎さんてえ人は何者なんですか……いい歳をして絵を描いて遊び暮らしているようですが、牧島藩やご用人にとって大切な方だと言っていましたよね。だったらですよ、そんな大切な方を、何故、どうしてこんなうらぶれた屋敷に住まわせているんですかね」

すると與之助も、

「あのお人もお人だ。座敷牢に入れられている訳ではなし、あっしだったら逃げ出しますよ」

呆れ顔だ。するとまたすぐに、

「まったくだ。逃げたきゃ逃げられるのに、それもしねえで絵を描いて暮らしているんだ。気概のねえ奴だ。まあ、ここにいれば、食いっぱぐれはねえって事だろうよ」

千次郎は鼻で笑った。

「二人とも憶測で物を言うのはよくないわね。そのような口をきくのはやめなさい」

お吟が釘を刺す。

二人は首を竦めて顔を見合わせると、にやりと笑った。

二人とも勇三郎とはさして違わぬ年頃だ。文句一つ言わず、どんなに大変な仕事であっても引き受けて、そうしてやっと糊口を凌いでいる人間だ。

いや、そういう暮らしをしている者はごまんといる。裏店で肩を寄せ合って暮らしている者は大概同じだ。

そんな連中からみれば、勇三郎のようなお気楽に見える暮らしをしている人間には、同情も共感も埒外だということだろう。

「何か特別の事情があるんですよ、きっと……」

お吟は二人に言い聞かせ、この夜は交互に勇三郎の容体を見守ることにした。

ところが……千次郎と與之助は、丑三つ時を過ぎた頃には、手枕で寝てしまった。疲れたのかいびきをかいている。

――まったく……。

しょうがないなとお吟は苦笑するが、父の代からずっと下働きをして助けてくれている二人である。

お吟は二人の寝顔を横目に、勇三郎の枕元に座った。そして、眠りこけている勇三郎の額に置いた濡れ手ぬぐいを取り替えながら、勇三郎の容体の変化を見守り続けた。

長時間そうしているうちに、お吟は勇三郎を見詰める自分の目が、だんだんと親しい人を案じる目になっている事に気づいた。

この屋敷にやって来た時には、面倒な仕事を引き受けたものだと後悔が胸を過ぎったが、次第にそんな思いは薄れていっている。

若い武士の身空で、どんな事情があって、ここに一人で暮らしているのかと、話す相手もいない暮らしを気の毒に思えてきたのだ。

――この方にも家族はいる筈だ……。

もし母親が健在ならば、このような暮らしを倅がさせられていると知れば、深く心を痛めるに違いない。

お吟は、次第に勇三郎に同情の念を抱くようになっていた。その根底には、五年前に行方が分からなくなった夫清兵衛が重なってみえていたのだ。

そう、それは六年前のことだった。

当時まだ健在だった父親の丹兵衛が、御用を済ませた帰り道、尾羽打ち枯らした浪人を抱えて帰って来た。

浪人の名は倉本清之助。行き倒れて雨に打たれ、熱に浮かされていた。

お吟は父と一緒に、清之助を看病した。

やがて元気を取り戻したが、行く当ても銭も無いようだった。

話を聞けば、兄を殺されて仇討ちのために大坂、京、江戸と旅を重ねてきたのだという。

ところがこの江戸で、敵が既に亡くなったようだと知らされ、国に帰る術を失って途方にくれ、生きる道を絶たれたというのだった。

清之助はやがて、名を清兵衛と改めて町人として生きる道を選んだ。

その頃には、お吟と想い合うようになっていて、それを知った父の丹兵衛が、二人で所帯を持ってこの家で暮らさないかと勧めたのだ。

ところがその後父が亡くなり、いくらも経たぬうちに、清兵衛は突如お伊勢参りに行くと言って出かけて行ったのだ。

それ以来消息を絶って今に至っているのだが、こうして病んだ勇三郎の心許ない寝顔を見守っていると、過ぎた日の清兵衛のことが思い出されて来るのだった。

――この仕事を引き受けることになったのも、何かの縁かもしれない……。

勇三郎の顔を見詰めながら、お吟は思った。

その勇三郎が目覚めたのは翌朝、しらじらと夜が明け始めた頃だった。

「良かった、もう大丈夫ですね」

見守っていたお吟は、勇三郎に声を掛けた。

「これは……」

はっとなって勇三郎は起き上がった。そして、

「そなたが、ずっと看病していてくれたのか」

驚いた顔でお吟を見、むにゃむにゃ言いながらよだれを垂らして眠っている千次郎と與之助にも気づくと、

「皆に世話を掛けたようじゃな」

勇三郎はすまなそうな顔をした。

熱が冷めた勇三郎の顔には生気が戻っている。ただそうはいっても、その顔に覇気があるかといえばそうではなかった。

生き場所を失った者のように失望が顔に張り付いていて、とてもお気楽な絵道楽にも、牧島藩の大事な御仁にも見えなかった。

お吟は、勇三郎の額に手を当ててから、

「お熱もとれましたね。下着を着替えて、お粥を召し上がって下さいな。食べなきゃ元気になれませんからね」

微笑みかけてから台所に走った。

粥にたまごを落として軽く温め、勇三郎の部屋に運ぶと、目を覚ました千次郎と與之助が神妙な顔で座っていた。

「すまんな、お吟さんとやら、粥はそこに置いて、もう三人とも帰っていいぞ」

勇三郎はだるい声で言った。熱で身体が侵されていて、それがために出た言葉ではなかった。勇三郎の心の底にあるものが、覇気のないしゃべり方をさせているようにお吟は思った。

「そうは参りませんよ、ちゃんと食べるのを見届けて、お薬も飲んで頂いて、そしたら、この二人のうちの一人を残して私はいったん店に帰りますから、なんでも申しつけて下さい」

お吟は言った。

勇三郎は観念した顔で立ち上がると、力の無い足取りで台所に行って口をゆすぎ、部屋に戻ってくると、ようやく粥を口にした。

「うまい……」

一口食べて勇三郎は呟いた。だるい声だが喜びの感情があった。

お吟の顔に笑みが広がる。すると、

「よかった……」

「実は二日ほど何も口にしていなかったのだ……」

はにかんで勇三郎は言った。

お吟は、初めて勇三郎の人並の感情に触れたような気がした。

だが、勇三郎が、以後話すことはなかった。

粥をもくもくと食べ終わると、お吟が差し出した薬湯を飲み、再び横になって目を閉じた。

起きていれば話しかけられる……何かを聞かれたりするのが嫌で目を閉じている、そんなふうに見えた。

これを潮に、お吟は二人を台所に呼びつけると、

「余計なことは尋ねないこと。まずは家の掃除をして、それから庭の草取りをする。夕食は七つ半（午後五時頃）にとって貰って、あとはこちらの茶の間の部屋で待機すること。交代は朝の五つ（午前八時頃）に決めておきましょう」

三人の間の約束事を決め、この日は與之助一人を置いて、お吟と千次郎は小屋敷を後にした。

二

「ふむ、しかしそれは面妖な話じゃな」

青山平右衛門は熱い茶を啜りながら、思案の目をお吟に向けた。

北町の同心だった平右衛門は、隠居したとはいえ、身体に染みついた同心根性はまだ健在で、お吟が話した荒れた屋敷に住まう勇三郎という男に興味が湧いたようだった。

「牧島藩と深い関わりがあるのは間違いないのでしょうが、ご隠居さま、いかが思われますか？」

お吟も茶碗を手にして、平右衛門に訊いた。

「そうさなあ……」

平右衛門は首を捻ったのち、

「お吟、その男、藩の大事に関わる人物かもしれぬぞ」

平右衛門は好奇心丸出しの顔で言った。

「私もそのような事情かもしれないと考えてはみたんですが……」

首を捻る。病気のせいばかりではない、あの覇気の無い顔に、藩の大事が関わっているのだろうかと疑わずにはいられない。

「まぬけ面なのか……」

平右衛門は言った。

「そうですね、魂が抜けているんです。心も体も浮遊しているような……」

苦笑するお吟を見て、

「まあいいじゃないか。手当はたっぷりもらったんだろ？」

平右衛門は訊く。

「ええ、それはもう……」

「で、今日は千次郎の奴が交代しに行ったんだな。わしも一度、その男を見てみたいものだ」

などと言っているところに、千次郎と交代した與之助が帰って来た。

「ご苦労様、朝ご飯まででしょ。おちよちゃんが用意してくれてますよ」

お吟は言った。だが與之助は、

「お吟さん、今更泣きごとは言いたくありませんが、あんな男の世話なんて、ほんと、大変ですよ」

二人の側に来て座り、頰を膨らませた。

「よほど不服のようだな」

平右衛門が笑うと、

「ご隠居、聞いて下さいよ。あの御仁は、と言ってもご隠居は会ってもいねえし想像もつきかねるでしょうが、とにかく、なあんも、しゃべらないんですから」

「お吟から聞いている。まっ、それぐらい我慢するんだね」

「ご隠居……」

平右衛門にあっさり言われて、與之助は舌打ちをした。

「まあそう腐るな。わしが思うにその男、訳ありのようじゃ。聞けば幽閉同然の暮らしじゃないか。歳は幾つだか知らぬが、気の毒な話じゃないか」

平右衛門は言った。

「確かに、それはそうですが……」

與之助の話では、今朝はすっかり熱もとれて身体は元気になったようだが、朝食が終わると、美濃紙に鶏の絵を描き始めたのだという。

「そうそう」

與之助は突然手を打って、

「そういえば、あの勇三郎さまが、朝一番に位牌に手を合わせていたんですよ。それも無心に……知ってましたか？」

お吟に尋ねる。

「お位牌があの屋敷にあったんですか……」

聞き返したお吟に、

「やっぱりお吟さんも気がつかなかったでしょ。勇三郎さまの部屋の違い棚に、小さな仏壇が作り付けてあったんです」

勇三郎はその仏壇の扉を開き、長い間手を合わせていたと言うのだった。

「ふむ、誰の位牌か……ますます興味が湧いてきたわい」

平右衛門は言う。

「そうだ、お吟さん、明日あちらに行く時、お線香を持って行ってあげて下さい。線香を頼む、それだけは言ったんですよ、あっしに」

お吟は頷いた。


「こちらはいかがですか。白檀（びゃくだん）を練り込んでいるお線香です。良い香りがします。その割には値段も手頃でして……」

日本橋の薬店『大坂屋』の主は、線香の入った小箱をお吟の前に並べた。

大坂屋は数ある薬店の中でも、良質の線香を置いていると評判の店だ。千成屋とも近く、お吟とは知らぬ仲では無い。

お吟は小箱を開けて顔を近づけた。すると、清涼でゆかしい白檀の香りが立ち上って来た。間違いない、上質の線香だった。

「泉州堺（せんしゅうさかい）の産でございまして、なかなかの人気です」

主は愛想の良い目で、お吟の返事を待つ。

「分かりました、頂きます」

自分の両親の仏壇には、高嶺の花で手が届くものではないが、このたびの購入者は勇三郎だ。資金はたっぷり預かっているので張り込んだ。

「ありがとうございました」

いつもより愛想の良い主の声に送られて店を出た。

「あっ」

戸口に出た瞬間、人とぶつかりそうになり、身を縮めて立ち止まった。

相手も驚いて立ち止まったが、

「なんだ、お吟さんじゃないか」

声を上げたのは、こちらも日本橋にある本屋『相模屋』の主で、鹿之助だった。

「びっくりした……鹿之助さん、も少し周囲には気を配って歩いて下さいな」

お吟は難くせをつけた。

「それはこっちで言う台詞だ」

鹿之助も負けてはいない。なにしろ今でこそお互い稼業に忙しくて顔を合わすことなどなかなかないが、子供の頃には良く遊んだ仲だ。

「何がこっちよ、綺麗な女の人のお尻を、ふらふらついて歩いていたんじゃないの」

お吟は遠慮がない。言い置いて背を向けた。

「待てよ！」

鹿之助が呼び止めた。

お吟が立ち止まって振り返ると、

「まったく愛想のない女だ……あのな、今日明日にでもお前さんの店を訪ねようかと考えていたところなんだ」

鹿之助は言う。

「うちに？……」

そういえば、やけに日焼けした顔をしていると、お吟は思った。

同時にお吟は、はっとなった。だいぶん前だが、鹿之助はお伊勢参りに行くと言っていた。そしてその時、お吟の亭主清兵衛のことを調べてみる、そんな事を言ってくれていた。

お吟の亭主清兵衛は、五年前にお伊勢参りに行ったっきり、行き方知れずになっている。

お吟も一度慌ただしく伊勢に捜しに行ってみたのだが、皆目消息は摑めなかったのだ。

夫は生きているのか死んでいるのか、生きているのなら今どうしているのか、死んでいるのなら、どのような原因で命をおとし、何処に眠っているのか、お吟は正確なところを知りたかった。

清兵衛が消息をたってからしばらくは、毎日落ち着かなかった。何か大事な物が身体の芯（しん）から抜けてしまったような気がして、心ここにあらずといった暮らしだった。

だが年月が経つにつれ、どのような結果でも受け入れる、とにかく確かな清兵衛の情報が欲しいと思うようになった。

「お伊勢参りに行ってきたんですね」

お吟は訊いた。顔が俄（にわか）に強（こわ）ばっていくのが、自分でも分かった。鹿之助は頷くと、

「同業者三人で行ってきたんだ。昨日帰って来たばかりだが、気に掛かる話を聞いたものだから……」

鹿之助はそう言うと、近くのしるこ屋に誘った。

座敷に上がって注文するのももどかしく、お吟は身構えるような顔で座った。

鹿之助も難しい顔で座ると、

「いろいろと調べてみたんだ。私たち仲間は、御師（おんし）の『巴屋（ともえや）』という旅籠（はたご）に泊まっていた。お吟さんも知っているだろうが、御師の宿は、まるで小大名か旗本御大身（ごたいしん）

の屋敷かと思われるほどの大きさだ。私はそこを拠点にしていろいろ調べてみたんだが、ひとつ気になる話に行き当たった」

　お吟の顔色が、はっと変わった。深く頷いて息を呑んで見詰める。

「伊勢の門前町に『万年屋』という旅籠があるのだが、そこに清兵衛という男が長逗留していたようだ」

「ほんとですか」

　お吟は思わず声を上げた。

「本当だ。ただし、お吟さんの亭主かどうかは分からない。名前は同じでも人違いということは大いにある。伊勢は全国津々浦々からやって来た人でごったがえしているんだ。同じ名前の人は、いくらでもいるからな」

「でも、どこから来た人なのか、そういう事は宿の人に話してなかったのでしょうか、その清兵衛という人は」

「なにしろ五年前のことだからな。宿帳には、信濃国、百姓、清兵衛とあった」

「…………」

　信濃国なら関係はない。お吟は大きくため息をつく。

「宿の者の話では、その清兵衛という人の目的は、どうやらお伊勢参りではなかったというのだ。人を捜していたのではないかと……」

「人を……清兵衛という人が？」

お吟は首を傾げる。

鹿之助が宿の仲居から聞いた話では、門前町の外れに御師の宿で働く者や、みやげ店やさまざまな店で働く者たちの長屋が沢山建っているが、そこで清兵衛を見たことがあると言うのだ。

ただ、清兵衛がなぜそこにいたのかは分からないと、仲居は鹿之助に告げたのだった。

「お吟さん、その清兵衛という人は、それからまもなくのこと、宿を払って出て行ったというのだ。店の者は国に帰ったのだろうと言っていたが……」

鹿之助は話し終えると、

「あんまり役には立たぬと思うが、まあ私が調べたのは、そんなところだ。宿の名は分かっている。一度行ってみるのもよし」

「ありがとう鹿之助さん。せっかくのお伊勢参りだったのに、夫の消息捜しに奔走して楽しめなかったでしょ、すみません」

お吟は頭を下げた。鹿之助の思いやりは嬉しかった。

「何、いいんだ。その宿に、何か分かったら知らせてくれるように頼んで来たからな。たっぷり手当も渡してある。ご亭主の清兵衛さんに何か繋がるような報せが来た時には、私も一緒に行ってあげるよ」

鹿之助はそう言うと、日焼けした顔に労りの笑みを見せて立ち上がった。

三

お吟は、棚の上に置いてある小さな仏壇の前に、持参した桔梗の花を台所にあった竹筒に活けて供えた。

仏壇には位牌がひとつ入っているが、お吟たちは誰の位牌なのか知らない。勇三郎に訊くのもはばかられた。

毎朝長い間手を合わせている勇三郎の背中には、お吟たちを寄せ付けないものがあったからだ。

むろん勇三郎が仏壇の中の位牌について、お吟たちに話してくれることもなかった。

お吟は、庭の方に目を遣った。

日差しの注ぐ縁側では、すっかり元気になった勇三郎が鶏の絵を描いている。そしてその向こうの庭には、鎌を手に無心に庭の草取りをしている千次郎の姿が見える。

屋敷地の草取りは、千次郎と與之助の手で、ようやく終わりを迎えたようだ。すっきりとした庭には、紅葉や桜の木ばかりではなく、山椿や山吹など様々植わっていて、今まさに花を咲かせているのだった。

お吟は縁側に向かった。

するとと千次郎が草を腕に抱えたままで、

「お吟さん、どうです？　さっぱりしたでしょう」

辺りを見渡して自慢げな笑みを見せた。

だがその時だった。縁側にいた勇三郎が、突然庭に飛び降り、千次郎に飛びかかった。

「危ない！」

お吟が叫ぶ間もなく、勇三郎は千次郎を抱え込むようにして倒していた。

「何、するんだよ！」

仰向けに押さえつけられながら千次郎が叫んだその時、一本の矢が外から飛んで来て縁側の柱に突き刺さった。

「あっ……」

お吟は驚いた。

屋敷の外で剣を交える鋭い音がする。

お吟は仰天しながらも外に出ようとするが、

「出るでない！」

勇三郎は叫ぶと、部屋にとってかえして刀(かたな)掛けから刀を掴み取ると表に走った。

お吟も勇三郎の後を追った。

表に走り出ると、柿田十郎が抜刀したまま、逃げて行く侍の背中を睨んでいた。

「柿田か……」

勇三郎が声を掛けると、柿田十郎は驚いて振り返り、

「これは、勇三郎さま」

抜刀していた刀を背の方に回して蹲(うずくま)り、

「大事なくてようございました」

畏(かしこ)まって言った。

勇三郎は、くるりと踵(きびす)を返すと屋敷の中に入って行く。

柿田は慌てて刀を鞘におさめると、勇三郎の後を追うように屋敷の中に入った。

お吟もすぐに屋敷の中に引き返した。

勇三郎は縁側に座し、何も無かったように筆を取った。

その勇三郎の前に柿田は両手をついて、

「今すこしの辛抱でございます。きっとお迎えに参ります」

無言の勇三郎に告げると、お吟を居間の方に手招いて、紫の袱紗に包んだ物をお吟の前に滑らせて来た。

「来月分の費用です。十分な額ではないと存じますが、よろしく頼みます」

お吟は袱紗の包みを引き寄せて、包みを開いた。

一両小判が十枚、包んであった。

「確かにお預かりいたします」

お吟は引き取って膝の横に置いた。

「そなたたちのお陰で、勇三郎さまも落ち着いてお暮らしのご様子、礼を申す。実は私は、時折屋敷の近辺を見回っておりましたが、本日は思いがけない賊に出くわしました。どうか油断なく、戸締まりなども十分に気配りを願いたい」

険しい顔で言った。

「柿田さま、今更でございますが、お引き受けしたこのお仕事、随分と危険なもののようでございます。勇三郎さまの事情を打ち明けて頂けませんか」

お吟も険しい顔で返した。

「すまない。以前申したように、それは今は話せぬ。この通りだ」

柿田は頭を下げた。

「勇三郎さまは狙われたのですよ。幸い大事には至らなかったですが、何かあったら、私たちとしましては責任を負いかねます。剣術の心得のない私たちには、この仕事は荷が重すぎます」

お吟は、きっぱりと言った。

柿田は苦渋の顔で考えていたが、

「ご用人に話してみます。それまで今しばらく待って頂きたい」

柿田は逃げるように立ち上がった。

部屋を出て行こうとする柿田を呼び止めたのは千次郎の声だった。

「待てよ！」

千次郎は足を庇（かば）って這（は）いながら部屋の中に入って来た。

「命に危険があるような頼みごとを押しつけておいて、訳は話せないでは、仁義に欠けるんじゃありやせんか、柿田さん」

柿田は振り返るが、唇を一文字にして無言で応える。

「勇三郎さんも、あっしたちも、命はひとつしかねえんだぜ」

睨んだ千次郎の視線を柿田は外して帰って行った。

「なんだいなんだい、冗談じゃねえぜ！」

怒る千次郎は、次の瞬間、顔を歪める。

「痛！」

「千次さん、怪我をしているんですね」

走り寄ったお吟に、

「何、たいしたことはございやせんや」

千次郎は強がりを言った。


「これでよし、骨が折れている訳ではないのだ。これで大丈夫な筈だ」

勇三郎は自ら台所に行き、小麦粉に酢を混ぜて練り、布に伸ばして千次郎のくるぶしに貼り、布でしっかりと固定してくれたのだ。

「勇三郎さま、すみません」

側で見ていたお吟が礼を述べると、当の千次郎も、

「ありがとうございやす。申し訳ねえ。命まで助けてもらった上に、勇三郎さまに自ら手当てをしていただきやして……」

千次郎も恐縮しきりである。

「すまないのはこっちだ」

勇三郎は言った。微かに苦笑も浮かべている。

これまで必要なこと以外は固く口を閉ざしていた勇三郎が、この日は一転して、言葉を交わしてくれている。

正体の分からぬ賊に襲われて恐ろしい目にあったのは間違いないが、お吟も千次郎も勇三郎の態度の変わりようを嬉しく思った。

勇三郎は、お吟が差し出した濡れた手ぬぐいで手を拭うと、

「私は命を狙われているようだ。ここに人知れず暮らしているのもそのためだ。私が狙われているということは、そなたたちも狙われるということだ。つい一月前まで世話をしてくれていた勘助という男も、味噌を買いに出たっきり、ここには帰ってこなかった。私は道中で殺されたのではないかと思っていたが、これではっきりした。勘助は殺されたのだ」

お吟は、ぎょっとして千次郎と顔を見合わせた。

「どうやらそなたたちは、勘助が何者かに殺されたという話は聞いていないようだな」

あきれ顔で勇三郎は笑った。

「はい、ただ、亡くなったと……」

「勘助は私が幼い頃から仕えてくれた者だった。気の毒なことをした。せめて残された女房に詫びのひとつもいいたいところだが、それもできぬ。そなたたちも命を落とさぬうちに、早々にこの家を出て行くことだ」

「いえ」

お吟は首を横に振ると、

「勇三郎さま、脅されて手を引いたとなれば、千成屋の名折れ。引き続きお世話をさせて頂きます」

きっぱりと宣言した。すると千次郎も、

「あっしもお吟さんと同じだ。こちとら江戸っ子だ。甘く見ちゃあいけねえってとこを見せてやらなければ。勇三郎さま、ご安心を……」

「お吟さん……千次郎……」

勇三郎はしばらく言葉を失って、二人の顔を見詰めていたが、

「すまぬ……」

勇三郎は心の底からそう告げると、縁側に出た。

そして描きかけの鶏の絵に向かって静かに絵筆を取った。

お吟はそれを見届けると、千次郎を駕籠に乗せて千成屋に帰し、お茶を淹れて勇三郎がいる縁側に向かった。

勇三郎は絵筆を置いて庭をじっと眺めていた。その横顔には静かな決意のようなものが見えた。行く先が見えずに彷徨っているような、これまでの表情ではなかった。

お吟はお茶を出して絵を覗いた。

美濃紙には、青虫をくわえた親鶏が、ひよこにそれを与えようとくちばしを伸ばした一瞬をとらえて描かれている。

お吟は微笑んだ。優しい絵だと思った。

すると思いがけず、勇三郎が苦笑しながら言った。

「私は田舎で暮らしていたのだ。土の薫りと草の香りの中で育ったのだ。鶏は私の友達だった」

「田舎と申しますと、お国元のことでございますね」

お吟は絵を見ながら訊いた。

勇三郎は素直に頷いて、

「国元の百姓家だ」

さらりと言った。

「勇三郎さまの絵には温かみがあります」

お吟は、絵を眺めながら感想を述べた。

すると勇三郎は、ふっと笑って、

「何、暇つぶしに描いているのだ、人に見せるような絵ではない」

お吟が淹れたお茶を引き寄せて手に取った。

「いいえ、とても良い絵です。勇三郎さまがお描きになる鶏は、たまごを沢山産んでくれる働き者の鶏です。私の家も鶏を飼っていましたから分かります」

お吟の言葉に、勇三郎の顔がほころんだ。

「そなたの家でも鶏を飼っていたのか？」

「はい、猫の額ほどの裏庭でしたから一羽だけでしたが、いくつもたまごを産んでくれました。子供の私は、毎日たまごを産んでいるのかいないのかと、それを確かめるのが楽しみでした。でも鶏の世話をしていた母が亡くなって、それ以後は鶏を飼うことはありませんでした。昔の話です」

「そうか……」

勇三郎は頷いて視線を庭に移し、

「私も母を亡くしているのだ」

しみじみとした声で言った。

お吟は、驚いた目で勇三郎の顔を見た。

――あの位牌は母親のものだったのか……。

お吟は、勇三郎が毎朝手を合わせている姿がちらりと浮かんだ。

昔の話をしてくれた勇三郎の顔には、哀しみがにじみ出ている。どこにでもいる人の情が垣間見えた。

お吟は、ほんの少しだが勇三郎の過去を知ることが出来た。更に踏み込んで様々知りたい気持ちが起こったが、お吟は勇三郎に、何かを聞き出すことはしなかった。

「今日は美味しいヒラメが手に入っておりますので、ご期待下さいませ」

そう告げて立ち上がった。夕食の支度に台所に向かおうとしたのだが、

「ひとつ頼まれてくれぬか」

勇三郎が呼び止めた。

お吟が座り直すと、

「勘助に女房がいたと話したな。その者の安否を確かめてきてもらいたい」

勇三郎は言った。

「江戸でお暮らしでございますか？」

お吟が聞き返すと、勇三郎は頷いて、

「この深川だ。女房の名はおりきという。おりきには、柿田が本日持参した金子（きんす）の中から見舞いの金を渡し、その金で即刻国に帰るよう伝えてくれ。女房殿まで命をとられるようなことがあっては、勘助に申し訳ない」

勇三郎の目には深い危惧の念が見えた。

四

「じゃあ頼みましたよ」

千次郎と交代してやって来た與之助にあとを頼み、お吟が勘助の女房おりきが住む長屋に向かったのは、七つを過ぎた頃だった。

勇三郎の話では、おりきは深川の材木町(ざいもくちょう)に住んでいるということだった。屋敷からは目と鼻の先、その長屋はすぐに見付かった。

お吟は、長屋の井戸端で桶(おけ)を洗っている袢纏(はんてん)を着た中年の男におりきの家を尋ねてみた。

「あそこだ」

中年の男は、奥の長屋を指した。

「亭主が殺されてよ、もう一月になるかな、今は一人で暮らしているんだ。おりきさんは居る筈だぜ、内職してるから」

おりきの住む長屋の戸は、半開きになっている。

中年の男の言葉を受けて、お吟はおりきの長屋の前に立った。

「!……」

板の間で、外からの光を頼りに、縫い物をしている三十過ぎの女房の姿が目に入った。

縫っているのは、この長屋には不釣り合いな晴れやかで上物の女の着物のようだが、その着物の華やかさとは裏腹に、女房のやつれた頬には乱れた髪が数本落ちている。

「おりきさんですね」

戸口から声を掛けると、おりきは顔を上げ、怪訝な顔で頷いた。

お吟は、するりと土間に入ると戸口の戸を閉めた。そして小さな声で言った。

「私はお吟と申します。勇三郎さまのお世話をしている者ですが、勇三郎さまに頼まれて参りました」

「勇三郎さまに……」

おりきは驚いた様子だった。

お吟は、上がり框に腰を据えると、持参して来た袱紗の包みを、おりきの膝前に置いた。

袱紗には五両の金が入っている。自分の暮らしは切り詰めてもいい、十分な額をおりきに渡してほしいという勇三郎の思いが込められた五両だった。

「勇三郎さまから預かって参りました。ご亭主勘助さんが亡くなられたお見舞い金でございます」

「勇三郎さまが……」

おりきは、袱紗の包みを見詰めていたが、

「ご自分のお暮らしが大変なのに、このように亭主に思いを寄せて下さいまして、亭主勘助もあの世で喜んでいると存じます」

おりきは奥の座敷の部屋を振り返った。

その部屋の壁際には、文机の上に、真新しい位牌が置いてあった。

「勇三郎さまは、おりきさんのことを案じておられます。お国に帰るようにと、そうおっしゃっております」

お吟は、おりきの横顔に言った。

おりきは、ゆっくりと顔をお吟に戻すと、

「私もここを引き払うつもりでした。勇三郎さまにご挨拶をしてからと思うものの、どこに賊の目があるやもしれません。私も見張られているかもしれないと思うと、勇三郎さまをお訪ねすればご迷惑がかかるかもしれない、そう思って悩んでおりました」

苦悩してきた目を向けた。

「勘助さんは、何者かによって殺されたのですね」

お吟は訊いた。

おりきは、唇を噛んで頷いた。

「おりきさん、勘助さんがどこで何者によって殺されたのかお話しいただけませんか？」

お吟はおりきに、まず自分は千成屋の者だと身分を明かした。

その上で、今日の今日、外から屋敷内に矢が飛んで来た事も話し、勇三郎が抱えている事情には多大な危険が伴うことがこれではっきりした。

千成屋としては、勇三郎の世話は続けていくつもりだが、いったいどういう事情が勇三郎にはあるのか、勘助の死の原因とともに、知っていることを教えてほしいと、お吟はおりきに頼んだ。

おりきは深く頷くと、

「まず夫のことですが……」

気丈な目をお吟に向けて話してくれた。

「夫勘助は、材木町で食料を買ってお屋敷に戻る途中で殺されたようです。材木町の番屋から報せを受けて迎えに行ったのですが、堀端で背中を刀で斬り下げられて死んでいたということでした。誰に、どんな状況で殺されたのかはいまだに分かっていません。ですが夫は生前、勇三郎さまのお命を狙っている者がいる。俺の命だって何時どうなるか分からねえ。覚悟をしておけと、そう言っておりましたので……」

「勇三郎さまの命を狙っている者は分かっているのですか？」

お吟は聞き返した。

「牧島藩坂井加島守久満(ひさみつ)様御側室松(まつ)の方(かた)の腹にお生まれになった哲二郎(てつじろう)さまを次期藩主にと画策している一味だと思われます」

おりきは、はきとした口調で言った。

「ちょっと待って下さい。すると、勇三郎さまは……」

「殿様の御三男です。次期藩主にと担ぎ上げられている、もう一人のお方でございます」

お吟は絶句した。

鶏の絵を描き、千次郎の足に手当てをしてくれたあのお人が、

——藩主の三男坊とは……。

なにしろ、あの勇三郎の日常を見ていて、とてもそのような人物には見えなかったからだ。

「長い話になりますが……」

おりきはそう前置きして、

「勇三郎さまは、奥の女中をしていた紗綾(さや)さまに殿のお手がついてお生まれになっ

た方でございます……」

その時は既に、正室の腹に生まれた栄一郎（えいいちろう）、側室松の方の腹に生まれた哲二郎がいて、跡目争いに巻き込まれずに養育したいという紗綾の願いで、藩主久満は紗綾と勇三郎を紗綾の実家に預けたのだ。

紗綾の実家は国元の大百姓だった。何不自由のない暮らしではあったが、父親のいない寂しさはぬぐいきれない。

その頃から勘助は、用人大里の命で勇三郎の身辺を守ってきたのである。

ところが、勇三郎が五歳の時に紗綾が亡くなった。勇三郎はますます寂しい暮らしを強いられることになったのだ。

勇三郎の将来を憂えた紗綾の父親は、行く末は庄屋（しょうや）の家を継がせても良いと考えていたのだが、勇三郎が二十三歳になった昨年のこと、藩主久満が病に倒れ、嫡男栄一郎もはしかで亡くなったと報せが入った。

まもなく、跡目を誰に立てるかで藩は二つに割れたと、国元の重役から知らせてきた。

勇三郎の身の安全も論じられるようになり、用人の大里が急遽江戸表から帰藩し、勇三郎を安全な場所に匿（かくま）うという理由で江戸へ連れて来たのである。

だが、深川の古い屋敷に押し込められたことで、国元から勇三郎に付いてきた勘助は、大いに不満だったようだ。

「勇三郎さまは、お命を狙われています。夫の勘助が殺されたことを考えますと、私は本当にこの先を案じているのです」

おりきは話し終えると、深いため息をついた。


「そうか、やはりな……」

平右衛門は、釣り糸の先にあるウキを見詰めながら、納得の顔で頷いた。

楓川に架かる海賊橋の南方の河岸地に古い神社があるが、平右衛門はそこの土手から釣り糸を垂れているのであった。

「お吟や、わしが調べた限りでは、牧島藩は新田開発に現藩主が力を注いできたようだが、昨年の大雨で大川を堰き止めていた土手が決壊し、大変な被害を受けたときいている。藩の台所は相当厳しいようじゃぞ」

平右衛門は、釣り竿をいきなり上げた。

糸がしなるように上に上がって、釣り針が平右衛門の手元に、はっしと捕まれた。

釣り針の先には、何も無い。小さな針だけが陽の光にきらりと光っている。

「ちっ」

平右衛門は舌打ちすると、腰に付けていた小さな籠から、小エビを出して針に付け、また川に釣り針を投じた。

「やっぱりみみずがよかったか……」

独りごちるが、釣り針が川に沈み、ウキが川の流れに抵抗するように、かすかに浮いたり沈んだりと上下するのを確かめると、

「藩の財政が厳しくなると、これはどこの藩でも同じだが、藩士の禄（ろく）の借り上げが行われる」

「それって、藩庁が禄の一部を借りるという聞こえの良い名目だけど、実際は減俸のことですよね」

お吟も、川面（かわも）に浮かぶウキの動きを眺めながら言った。

「そうだ。借り上げとは名ばかり、取り上げだ。そうなると、これからの出世が唯一物をいうことになる。今お前さんが言った、次男坊を推すか、三男坊を推すか、これは藩士にとっては死活問題だ。両者の対立が激しいことは想像出来る」

平右衛門は魚を釣るのは諦（あきら）めたか、竿の端を土手に突き刺すと、腰の煙草入れから煙管（キセル）を引き抜き、煙草を吸い始めた。

「初めは暢気なご身分だと思っていたんだけど、事情が分かってくると気の毒に思えて……」

「ふむ、まあな」

「若い身空を、あんな屋敷に閉じ込められて」

「我が身の運命だと悟っているところが偉いな。出て行こうと思えばできないこともないだろうが、そうなれば田舎の爺さま一族郎党どんな目に遭うやもしれぬからな」

「ええ……」

　お吟は立ち上がると、

「勇三郎さまはこうおっしゃいました。ここで暮らし、ここで人知れず朽ちる。それが私の運命だろうと」

「偉い！」

　平右衛門は声を上げ、

「人は、それぞれの運命を背負って生まれてきておるのじゃ。わしは近頃そのように考えておる。どのような場所に、どのような運命を背負わされて生まれてきたのか……そりゃあ、最後まで生きてみないと分からんことだが、百人百通りの運命があるんだとな」

「ご隠居さま……」

お吟は、平右衛門の顔を見た。

いつもは千成屋の居間で、茶菓子をつまみ、お茶を飲み、馬鹿話をする平右衛門が、妙に神妙な話をする。

「どの道を歩くにしても、苦も有り楽も有りだ。勇三郎というその御仁も、いずれ分かってくることだろうが、まっ、自分の境遇を受け入れて慎重なふるまいをしているとは、立派なものだ。うちの倅などは、なまっちょろくて見ていられないからな」

「ほんとに……私も勇三郎さまを見ていて、いろいろと考えさせられています。そこでご隠居さま」

お吟は、話の色合いを変えた。

「なんだなんだ、やっぱり頼みごとがあって、わしをこんなところまで追っかけてきたんだな」

平右衛門は嬉しそうに笑うと、煙草の灰を、ぽんと川面に捨て、ふっと煙管の中に息を吹きかけて残っている灰を吹き出し、また腰の煙草入れに煙管を仕舞った。

「ご隠居さまにお願いしたいのは、用心棒です」

お吟は言った。

「何、お前はわしに、用心棒をしろというのか？」

平右衛門は苦笑して、お吟を見た。

お吟はにこりと笑って、

「だって私、他にお願いする人はいないんですもの。ご隠居さまは剣の達人、若い者に負けはしない、いつもそうおっしゃっているではありませんか。その腕を使わなくてはなまってしまいます。宝の持ち腐れでしょ」

「ふむ、そう言われてみればそうだな。倅よりわしの方が剣術は数倍すぐれておるのだから」

「はいはい、良く分かっています。だから、お願いしたいのです」

お吟は、真剣な顔になって平右衛門を見た。

「またいつ、矢が飛んでくるかもしれないのです」

「分かった、引き受けよう」

平右衛門は頷いた。

「ありがとうございます。恩に着ます」

お吟は手を合わせた。だが次の瞬間、その目を大きく見開いて、

「ご隠居さま！　早く早く、竿！」

川を指した。

川面に浮いていたウキが、ぐんと水の中に引き込まれて、糸が川を右に左に動いている。何かが引っかかったのは間違いなかった。

「いかん！」

平右衛門は大慌てで竿を持つと、川の中の獲物をなだめるようにして糸を操り、そして、

「えい！」

竿を上げた。すると、

「きゃ」

お吟は叫んだ。

黒く長い物が土手に落ちたのだ。

「うなぎだ、うなぎだ！……お吟、手伝え！」

平右衛門は手ぬぐいを手に大声で叫んだ。

五

「待て待て、まず頭を釘で打ちつけてからだ」

襷(たすき)に鉢巻き、着物の裾(すそ)も後ろにはしょった平右衛門は、うなぎをまな板に寝かすのも大騒動だ。

「ご隠居さま、釘は頬骨ですよ、頬骨に打つんですって、分かっていますか」

お吟も横手で襷掛けで叫べば、これまた襷掛け鉢巻きの與之助が、

「旦那(だんな)、あっしがやりますよ。さばいたことなんてないんでしょ。見ていられねえや」

包丁を持ちだして、まな板に近づいた。

「止(よ)せ、危ないじゃないか！」

平右衛門は與之助を一喝し、

「ここはこの年寄りに任せろ。亀の甲より年の功っていう言葉を知らぬのか……わしはお前より二倍以上生きてきているのだ」

「ちぇ」

與之助は舌打ちをする。

「いいからお前は、炭を熾せ。お吟は竹串を用意しろ」

平右衛門は今日こそ存在を改めて認めさせてやろうと、いつになく強気だ。

三人が大騒ぎをしているのは、深川の勇三郎の居る屋敷だ。

お吟と平右衛門は、釣ったうなぎを屋敷に持ち込み、蒲焼きにして皆で食し、勇三郎を元気付けようと決めたのだ。

むろん言い出したのは平右衛門で、うなぎの調理など朝飯前だなどと言うものだから、お吟はそれを信じて同意したのだ。

だが、あにはからんや、平右衛門はうなぎをさばき始めたのはいいが、生きの良いうなぎに暴れられ、何度も手元から土間に落とし、ようやく今まな板に載せたところだ。

右往左往しながらも、平右衛門は釘をうなぎの頬に打つのは打ったが、

「ああっ、まったく!」

うなぎをさばくのがままならない。

「旦那、うなぎは背からさばくんですぜ」

與之助が炭を熾しながら、うちわを振り上げて声を上げると、

「うるさいよ、お前は、黙ってろ！」

平右衛門は、包丁を持って怒るが、流石に焦っているのはお吟の目にも一目瞭然だ。

するとそこに、奥の部屋から、襷掛けの勇三郎が出て来た。

「勇三郎さま……」

お吟も與之助も、勇三郎の姿に驚いた。

「うなぎなら私もさばける。私は田舎暮らしをしていたからな。青山平右衛門殿ですな、お吟さんから聞いている。北町一の剣の達人だと……」

勇三郎は平右衛門に言った。

お吟は、平右衛門に助っ人を頼むと、前もって勇三郎に告げていたのだ。

「いやいや、お恥ずかしい。包丁は剣のようにはいかぬと、今知りました。勇三郎さまにお任せしよう」

平右衛門は、あっさり包丁を勇三郎に渡した。

「何だよ……」

與之助が、ぶつぶつ独り言を言って、うちわをぱたぱたさせて火を熾している。

勇三郎はまな板の前に座ると、するするとうなぎの背を開き、

「これがキモだ。お吟さん、キモ吸いにしたらいい」

お吟の方にキモを渡し、

「うなぎは骨の下に刃を入れて骨をすきとるのです」

鮮やかな手つきで、更に血合いの部分も取り除き、尻びれも落とし、布で血を拭(ふ)き取ると、

「串……」

勇三郎は、お吟に手を差し出した。

お吟が串を渡すと、勇三郎はうなぎを串に刺し、與之助が熾した炭でタレを付けながら焼き始めた。

あれよあれよという間に、香ばしい薫りを放つ蒲焼きが出来上がったのだ。

「おみごと！」

平右衛門が感(かん)に堪(た)えたような声を上げた。

「あったかい御飯も炊けています。勇三郎さま、うなぎ飯にしませんか？」

與之助が言えば、

「どうしますか、平右衛門殿」

勇三郎が平右衛門にお伺いをたてるものだから、平右衛門は大いに気をよくして、

「それがいい、勇三郎さまを囲んで、皆でいただきますか」

はっはっはっと笑った。だがその時だった。

「しっ」

平右衛門が人差し指を口元に当てた。

耳を澄ませて外の気配を聞いていたが、次の瞬間、平右衛門は台所に置いてあった刀を掴んで、外に走り出た。

お吟も、はっとなって戸口に走る。

仁王のように屋敷を背にして立った平右衛門の前に、覆面の羽織袴の武士が三人、こちらは抜刀して平右衛門を睨んでいる。

「お前たちは何者だ。この屋敷に何の用があって侵入した」

平右衛門が質した。

だが三人の覆面の武士は応えなかった。

「ふん、応えられぬのじゃな。分かっておるぞ。勇三郎さまの命を狙って来たのだな。とっ捕まえて吐かせてやろうか」

平右衛門は、足を開いて、手を刀の柄にやった。

「平右衛門殿！」

勇三郎も刀を摑んで出て来たが、

「引っ込んでいて下され。ここは、わし一人で十分。お吟、勇三郎さまを中へ！」

平右衛門が叫んだ。

「勇三郎さま」

お吟は家の中に押し込もうとするが、勇三郎はお吟の腕を振り払って、平右衛門の横手に立った。

「邪魔だというに」

平右衛門が勇三郎を叱りつけたその時、

「ヤア！」

覆面の一人が勇三郎めがけて打ち込んで来た。

「むっ」

勇三郎は打ち返したが、よろけた。だが、透かさず平右衛門が勇三郎を庇って立った。

「お命、頂戴！」

覆面の別の武士が、走って来て打ちかかる。

平右衛門は勇三郎を庇ってすばやく一歩前に出ると、この剣を軽々躱(かわ)して、その男の右腕に峰を返した一撃を打ちこんだ。

平右衛門の身体は俊敏に動く。うなぎをさばこうとして四苦八苦していた平右衛門とは段違いの身のこなしだ。

「ううっ」

刀を落として蹲った覆面の男に、

「與之助、縛り上げろ！」

平右衛門は大声を放つ。

「合点だ！」

昔取った杵柄と、與之助は土間に置いてあった縄を摑んで走り寄ると、蹲った覆面の男の腕を縛り上げた。

「引け」

覆面の男二人は頷き合って逃げて行った。

「ふん、あれで刺客か……」

苦笑して捕らえた男を振り返ると、

「ご隠居！」

與之助が叫んだ。捕らえた男が與之助の腕の中でぐらっと崩れた。

男のあご下からは赤い血が流れ落ちている。

「舌を切ったな」

平右衛門は苦い顔でそう言うと、男の覆面を剝ぎ取った。そして、勇三郎を向き、見知った男かと問うた。

勇三郎は、首を横に振り、死んだ男の側に膝をつくと、

「この男にも家族がいたに違いない。哀れな……いつまでこんな事を続けるのだ」

呆然として呟いた。

勇三郎は、また口を閉ざしてしまった。

翌日も、その翌日も自室に籠もって母の位牌の前で座り続けた。

お吟も平右衛門も與之助も、あれからずっと屋敷に居続けている。

また何時、勇三郎の命を狙って刺客がやってくるかもしれないからだ。

平右衛門は片肌を脱ぎ、朝晩は必ず素振りをして剣の術を鍛えているし、與之助は屋敷の外で見張っている。

そしてお吟は、次の間で勇三郎の絵具を片付けていたが、一枚の鶏の絵を見て手を止めた。

「！……」

これまで見たこともない絵である。

紙一面に薄い茜(あかね)の色の霧が、下から燃え立つように描かれていて、その霧の中には彷徨う一艘(そう)の船が見える。

船の向こう、霧の中には大きな山が見えるのだが、それも霞(かす)んでいる。

そして手前の岸では、鶏二羽が羽を広げてつま先立ち、霧の海を見詰めているのだ。

幻想的だが、不安を駆り立てる絵であった。

お吟はしばらく眺めていたが、やがて他の絵と重ねて床板の上に置いた。その時だった。

「お吟さん、旦那！」

玄関で慌てた與之助の声がする。

お吟が出て行くと、

「ご用人さまだ」

與之助が背後を振り返って言った。

用人大里平太夫が、柿田十郎ともう一人、柿田と似たような若い侍を供にして玄関に入って来た。

「大里が参ったと、勇三郎さまにお伝え下され」

大里は険しい顔で言った。

まもなく、次の間に勇三郎が出て来て床の前に着座すると、その前に大里が座し、ひと膝下がって柿田ともう一人の武士が座った。

勇三郎はこの数日剃刀を使っていない。少々口髭などが目立ってきて無精に見えるが、その目は鋭く、表情にも隙がないように見えた。

平右衛門とお吟、そして與之助も傍らに座った。

「ご健勝でなによりでございます。本日は重大なお知らせを持参いたしました」

大里は、改まった顔で手をついた。

「ふん、早く申せ。まさか切腹でもしろと申すのではあるまいな」

勇三郎は乾いた声で訊いた。

「滅相もない。実は御次男哲二郎さまが今朝身罷られまして」

「何、兄上が亡くなられた?」

驚く勇三郎に、

「はい、長い患いでございました。勇三郎さまをこの屋敷にお連れした時には、ずいぶんとお元気になられていたのですが、近頃は臥せりがちで、今朝突然にお亡くなりになったのです」

「そうか……」

「そこで、勇三郎さまには、ここを払って頂いて、中屋敷にお移り願いたいと存じまして……」

お吟は平右衛門と顔を見合わせた。

用人大里の言っていることは、次期藩主として江戸の中屋敷に移ってほしいということだ。

勇三郎は、ふっと笑って言った。

「つい先日まで、私は命を狙われていたのだぞ」

「ご心配には及びません。もはや跡目については決着がつき申した。こたびのことは殿のお耳にも入り、哲二郎さまを推していた一派は制裁を受けました。もう誰も勇三郎さまのお命を狙う者はおりませぬ」

「大里、私のことは、もう放っておいてくれ。兄上には御子も生まれている。その子を次期藩主として育てればよいのだ。私は国元に帰る。帰って百姓をするつもりだ」

勇三郎は、つっぱねる。

「いいえ、これは殿のご意向です。私の一存で申しているのではございません。確かに兄上様には御子がいらっしゃる。したが御年僅か二歳、殿のご健康を考えれば、猶予はありませぬ。早々に跡目を決め、上様にご報告申し上げねば、いざという時に跡目も決まっていないとなれば、お家お取り潰しとなるやもしれないのです」

用人大里は必死だ。だが、

「断る！」

勇三郎は、きっぱりと言い、用人の顔を睨んだ。

「今度の争いで、自らの口を封じるために死を選んだ家臣もいる。つい先日のことだ。そういう下級の家臣は一人や二人ではあるまい。上層部で何かもめ事があるたびに、その手駒に使われた下級の家臣たちが憂き目を見るのだ。家老や重役たちは、そのことを考えたことがあるのか……身を粉にして米を作り、年貢を納めている百姓たちの辛苦を考えたことがあるのか……あれば、こたびのような騒動は控えるのではないのか……」

勇三郎の言葉には、有無を言わさぬ力があった。

お吟も與之助も、勇三郎の言葉を驚きながら聞いていた。

平右衛門はというと、まるで我が意を得たりという納得顔で聞き入っている。

大里は、苦渋の顔で黙り込んでしまった。

まもなくのこと、大里に勇三郎は命じた。

「もういい、帰ってくれ。帰って父には、私の気持ちを伝えてほしい」

六

大里訪問から一日が過ぎた。

お吟たちは、一度も千成屋には帰らずに勇三郎を見守っている。

勇三郎がどのような決断を下すのか。勇三郎が新しく出直す時まで、ここを動くことは出来ない。

與之助は薪（まき）を割ったり、草むしりをしたりしながら時を過ごしているし、平右衛門は素振りをしていると思ったら、先ほどから勇三郎が描いた絵を一枚一枚眺めている。

そして当の勇三郎は、ずっと部屋に籠もったきりだ。

なにより案じられるのは、食事を部屋に運んでも、手を付けていないことだ。

「このままだとまた病気になってしまいます」

夕食の膳(ぜん)を前に置いて、お吟が呟くのを聞いた平右衛門が、お吟を促して立ち上がった。

平右衛門の後について、お吟と與之助は夕食の膳を手に、勇三郎の部屋の前に座った。

「入りますぞ」

平右衛門は声を掛けると、戸を開けた。

「これは……」

平右衛門は絶句して部屋を見回した。

勇三郎は、棚に積んであった幾多の本を風呂敷に包み込んだり、桐の衣装箱に着物を詰めたりと、身の回りの整理をしていたようだ。

「どうなされましたか、お一人でここを出る準備でもされておいでか」

平右衛門は、勇三郎の前に座った。

勇三郎は平右衛門の方に向くと、

「世話になったが、やはり国元に帰ろうと思っている」

そう言って荷物を見渡した。

「なるほど……」

平右衛門も、荷物を見渡しながら、

「よくよく考えてのことでしょう。母上様のお位牌にも相談されてのことと存じますが、なんと仰せでございましたか……」

じっと見た。

「母上は……」

勇三郎は言葉を詰まらせたのち、

「私の気持ちを汲んでくれたと思っています」

苦笑して言った。

「皆の思いを振り捨てて国に帰ってもよいとな」

平右衛門は、念をおした。

「平右衛門殿、私は生前の母の苦しみを知っている。生まれたばかりの私を抱えて国元に帰ったのも、そのためです。その母が幼い私を連れて海辺に立ったことがありました。国は西国で山また山の息苦しいほどの狭隘な地です。でも山を下りれば瀬戸内に出ます。そこで私は、世にも珍しい光景を目にしました……海霧です」

勇三郎は、平右衛門を、そしてお吟、與之助を見た。

「ふむ、拝見しましたぞ。あの絵に描かれている風景ですな」

平右衛門は言った。勇三郎は頷くと、

「瀬戸内の海は、春から夏にかけて海霧が出ます。あの絵の風景をそのままに私は目の当たりにしました。深い霧の中に浮かぶ船のたよりなさ……私はその時、母に尋ねました。あの船はどうするのかと……すると母はこう言いました。『霧はいつか晴れます。霧が晴れれば四方はくっきりと見えてきます。そうなれば船を漕ぎ出すことが出来ます。ごらんなさい、この霧の向こうには山々もあるのですよ。船を向こうに漕ぐか、こちらに引き返して来るか、それは船頭の裁量です。そなたもいつかあの船のように途方にくれることがあるやもしれませんが、一人で、しっかりと漕ぎ出さなくてはなりませんよ』私はその時の母の言葉を忘れたことはありません」

「お母上の言葉は力強いことじゃ。感服いたしました。したが、お母上は、物事から逃げろとは、申されてはおりますまい。勇三郎さまには生まれ持って課せられた、背負わなければならぬ荷がござる」

「止してくれ」

勇三郎が制した。

「私も、よくよく考えてのことだ」

強い口調で勇三郎は言う。

「ふうむ」

言っても無駄かと諦め顔になった平右衛門の後ろから、お吟は膝を前に進めると、凜とした声で勇三郎に言った。

「勇三郎さま、お気持ちは分からない訳ではございませんが、このまま国にお帰りになっては、亡き母上様はお嘆きではないでしょうか」

「お吟さん、そなたまで……」

「言わせて頂きます。今、牧島藩のこの先を救えるのは、勇三郎さましかいないではありませんか。これまでのことでお腹立ちはあるでしょうが、今国に帰るというのはいかがなものでございましょうか。今まさに霧が晴れてきたところではございませんか。勇三郎さまはお母上が庄屋の娘さんだったことから、お百姓の難儀苦しみを肌でご存じの筈、そのあなたさまだからこそ、この先藩政に活かせることがある筈です。勇三郎さまの船の舳先は、そちらに向けて漕ぎ出すべきです」

きっとお吟は見詰めた。

だが、勇三郎は考えを変えることはなかったようだ。

翌朝、旅姿で出て来ると、

「皆、世話になった。この恩は忘れぬ」

礼を述べて立ち上がった。

お吟たちは内心落胆している。

與之助が、むっとして言った。

「勇三郎さま、そりゃあねえんじゃないですかね。あれほど勇三郎さまの事を案じて、いろいろ助言した旦那やお吟さんの言葉を、聞く耳持たぬと国にお帰りなさるんですかい。見損ないましたぜ」

だが勇三郎は、表情も変えずに草鞋（わらじ）を履いて外に出た。

するとそこに、用人の大里が、駕籠を従え、十人ほどの供も従えて、ふうふう言いながらやって来た。

「お待ち下され、お迎えに上がりました」

玄関に出た勇三郎に平伏した。

「ご用人、この方は国に帰られるそうですぜ」

與之助が言う。

用人は、あっと見て、

「なにとぞ、お考え直しを……殿のお気持ちをお察し下さいませ」

「ふっ」

勇三郎は笑って告げた。

「案ずるな、これから上屋敷に参って父上にお目にかかろうかと考えていたところだ。昨夜さんざん皆に叱られたからな」

お吟は、あっとなって、平右衛門と顔を見合わせた。

平右衛門の顔が笑った。

「なんだよ、そんな姿で出てくるからすっかりだまされてしまったよ。早く言ってくれよな」

與之助はぶつぶつ言ったが、その顔は嬉しそうだ。

「駕籠はいらぬ」

勇三郎は、すたすたと朝の光の中に踏み出して行った。

今勇三郎は、立ち上っていた霧が確かに晴れたことを知ったのだ。

──立派な藩主になられるに違いない……。

お吟も平右衛門も與之助も、力強く歩いて行く勇三郎と、その後を慌てふためいて追っかけていく大里たち家臣団を、笑って見送った。

解説

菊池仁（文芸評論家）

『ほたる茶屋　千成屋お吟』は、文庫書き下ろし時代小説シリーズの名手として、数多くのヒット作を送り出し、普及に多大な貢献をしてきた作者の単行本シリーズと合わせて十作目となる。第一話「十三夜」の初出は、「小説 野性時代」二〇一七年十一月号でどんな工夫を凝らしてくるか気になったのですぐ手に取った。「これはいける」と思った。この点についての詳細は後述するとして、最初に作者のシリーズものの人気の秘密について述べておく。

第一は、物語の重要な舞台装置となっている多彩な職業である。例を挙げると、第一作の「隅田川御用帳」では、主人公のお登勢は縁切寺の御用宿の女将。これを皮切りに橋廻り同心、女医者、口入れ屋、見届け人、渡り用人といった職業が登場する。多彩な職業だが共通項がある。いずれも江戸の町で暮らす人が苦難で喘いでいたり、心に傷を抱えたりした時に、手を差し伸べ、寄り添うことを目的とすることを第一義に置いているところだ。つまり、人情の機微を敏感に感じ取り、情に濃い性格を主人公に付与し、そこに職業を媒介することで人生ドラマを紡ぎだす手法をとっている。それが共感を呼んだわけである。

第二は、主人公の魅力である。この点について昨年末に刊行された『江戸のかほり 藤原緋沙子傑作選』の「あとがき」で次のような発言をしている。

〈まずはこの本にかけよう……そう心に言い聞かせて、登場人物も魅力的でなければならないと思った訳です。

女性の読者の皆さんが「ああ、このような男の人と、ひとときでもいい、いっしょにいたいものだ」と思えるヒーローを登場させること。

また男性の読者の皆さんが「麗しいうえに凜として、その上そこはかとない色気を備えたこのような女の人に会ってみたいものだ」と思えるヒロインを登場させること〉

「隅田川御用帳」のお登勢と塙十四郎の人物造形のモチーフを語ったものであるが、これが後続のシリーズの主人公たちの原型となっている。と言っても決して一本調子の人物造形ではない。育った環境や境遇に変化をつけ、職業の持つ独自性を加味することで、新鮮さを打ち出している。

第三は、流麗な筆致を駆使して描いた情景描写である。作者はこのための重要な舞台装置として、川、橋、渡し場、坂などを場面作りのカギとして多用している。例えば、川は江戸に棲む人々の心の故郷であり、橋は離合集散の場であった。川にも橋にも人生の縮図がある。江戸情緒が匂い立つ四季を背景として川や橋に佇む人を描くことで、登場人物の心象風景と同一化させる手法を編み出したのである。これが人の情の交錯する深い物語として歩き出し、読者にとっては感情移入しやすい回路として作用する。シリーズものに新しい読者を呼び込んだ秘訣がここにある。

これを前提として、本書が「いける」と思った理由を述べよう。シリーズがヒットするかどうかの命運を握っているのは、物語の導入部となる第一話の出来にかかっている。この点で第一話「十三夜」は、シリーズのために練りに練って用意した特徴をよく伝える、新鮮さに溢れた内容となっていた。読みどころを見ていこう。

第一点は、冒頭の場面に注目して欲しい。主人公・お吟が大坂から江戸見物にやって来たというお稲の依頼で、御府内でも紅葉狩りの名所である品川の海晏寺を案内している場面で幕を開ける。お吟の職業が日本橋で『千成屋』の看板を掲げ、御府内のよろず相談を引き受けている女将であること。目鼻立ちも麗しく、立ち居振る舞いのしなやかな体からは、三十路に入った女の妖艶さが窺える。

簡潔な紹介でありながら、江戸情緒を醸し出す紅葉狩りを映像的筆致で描き、読者を誘(いざな)い、その中にヒロインの職業や容姿も織り込む巧緻(こうち)に長(た)けた出だしである。熟達した技量のなせる業といえよう。

　第二点は、お吟の巧みな人物造形である。次に紹介するエピソードがそれをよく物語っている。

　お吟は自分が捕まえた巾着切(きんちゃくき)りの女房に逆恨みされ、待ち伏せを受ける。揉(も)み合ううちに女房が商売ものの粟(あわ)の串団子を地面に落としてしまう。怨(うら)み言を言う女房に「そのお団子、みんないただきます」。意外な申し出に驚く女房。この後のセリフが実にいい。「そのかわり約束して下さい。私を恨むのはいいけれど、お団子はにこにこして売らなきゃね。このお団子食べたら福にめぐまれますよって、そういう顔で売らないと……笑顔でいればあなたにも福はきっとやって来ます」。

　窮地に立つ人の切実な想いに情理を尽くして応えるお吟。シリーズものの醍醐味(だいごみ)は、こういった質の高いエピソードを重ねていくことで、読者の中でお吟の人物像が豊かなものとして膨らんでいくところにある。そんな予感をもたらすものとなっている。

　第三点は、舞台装置となる職業だが、御府内のよろず相談を引き受けるのが仕事だ。人捜し、道案内、口入れ屋等々、ありとあらゆる困りごとを引き受けている。困りごとを手掛かりとしてその背後にある事情を察知し、もっともよい解決方法を模索する。身分も出身も様々な人々が暮らす江戸だからこその職業といえる。作者の工夫が光っている。

第四点は、お吟の亭主は五年前に伊勢参りに行ったきり行方知らずとなっている。そのため心の中に時折虚しい風が吹いている。このお吟が背負っている喪失感は、お吟の人物造形を豊かなものとしていくための布石である。と同時に、シリーズを貫き、読者を誘い込む導線となっていくだろうと予測できる。

第五点は、読者の支持を増加させていくコツは、脇役にキャラクターの立った人物を配置することと、チームワークの密度を濃くしていくことで生まれる。その点でも合格である。手代の千次郎と與之助は、お吟の父親丹兵衛が北町奉行所の同心だった青山平右衛門から十手を預かり、岡っ引として働いていた時の手下で、探索の腕は一流である。その青山は今は倅に跡目を譲って、隠居して暇を持て余している。お吟が危険な事件に巻き込まれた時、修羅場を潜り抜けてきた経験と、小野派一刀流の腕前で、助けてくれる頼もしい用心棒的存在。忙しいお吟に代わって一家の台所を任されているのがおちよで、雰囲気を和ませてくれる。お吟を中心に固い結束でまとまっているチームである。

「十三夜」はお吟のもとに、二つの事件が舞い込む。父の敵(かたき)を捜すために江戸に出てきた宇市(ういち)の事件と、病んだ母のために女郎となった姉を捜すために江戸に出てきたおきみの事件である。この二つの事件が交錯するプロセスが興味深い。チームの役割分担が機能し、事件は落着する。特筆すべきはラストの二行である。

〈わが命を捨てても父の敵を討つのだと、その一念で生きてきた宇市のこれまでの人生を考えると、お吟は胸が痛くなった〉

よろず相談をされた人の運命を心に留めて寄り添っていこうとするお吟のかかわり方をたった二行の文章に収めた秀逸なラストである。この他、本書には、「ほたる茶屋」、「雪の朝」、「海霧(うみぎり)」の全四作が収録されている。

「ほたる茶屋」は女将のおふさを悩ませる奉公人の危難が相談事で、チームワークの良さを発揮して見事に解決する。

「雪の朝」は、半分にちぎられた地蔵の絵を手掛かりに、事件を解決するというミステリー色の強い手法で興趣を盛り上げている。

「海霧」は、ある大名の用人から、さる御仁の食事の世話と、安否を見届けて欲しいという奇妙な依頼で始まる。読者を誘い込む巧妙な仕掛けである。

以上、作者が満を持して発表した新シリーズの幕が上がる。

本書は、二〇二〇年六月に小社より刊行された
単行本を加筆修正のうえ、文庫化したものです。

ほたる茶屋(ちゃや)

千成屋(せんなりや)お吟(ぎん)

藤原緋沙子(ふじわらひさこ)

令和5年 1月25日 初版発行

発行者●山下直久

発行●株式会社KADOKAWA
〒102-8177 東京都千代田区富士見2-13-3
電話 0570-002-301(ナビダイヤル)

角川文庫 23512

印刷所●株式会社暁印刷
製本所●本間製本株式会社

表紙画●和田三造

●お問い合わせ
https://www.kadokawa.co.jp/ (「お問い合わせ」へお進みください)
※内容によっては、お答えできない場合があります。
※サポートは日本国内のみとさせていただきます。
※Japanese text only

ISBN 978-4-04-113107-7 C0193

◇◇◇

角川文庫発刊に際して

角川源義

第二次世界大戦の敗北は、軍事力の敗北であった以上に、私たちの若い文化力の敗退であった。私たちの文化が戦争に対して如何に無力であり、単なるあだ花に過ぎなかったかを、私たちは身を以て体験し痛感した。西洋近代文化の摂取にとって、明治以後八十年の歳月は決して短かすぎたとは言えない。にもかかわらず、近代文化の伝統を確立し、自由な批判と柔軟な良識に富む文化層として自らを形成することに私たちは失敗して来た。そしてこれは、各層への文化の普及滲透を任務とする出版人の責任でもあった。

一九四五年以来、私たちは再び振出しに戻り、第一歩から踏み出すことを余儀なくされた。これは大きな不幸ではあるが、反面、これまでの混沌・未熟・歪曲の中にあった我が国の文化に秩序と確たる基礎を齎らすためには絶好の機会でもある。角川書店は、このような祖国の文化的危機にあたり、微力をも顧みず再建の礎石たるべき抱負と決意とをもって出発したが、ここに創立以来の念願を果すべく角川文庫を発刊する。これまで刊行されたあらゆる全集叢書文庫類の長所と短所とを検討し、古今東西の不朽の典籍を、良心的編集のもとに、廉価に、そして書架にふさわしい美本として、多くのひとびとに提供しようとする。しかし私たちは徒らに百科全書的な知識のジレッタントを作ることを目的とせず、あくまで祖国の文化に秩序と再建への道を示し、この文庫を角川書店の栄ある事業として、今後永久に継続発展せしめ、学芸と教養との殿堂として大成せんことを期したい。多くの読書子の愛情ある忠言と支持とによって、この希望と抱負とを完遂せしめられんことを願う。

一九四九年五月三日

角川文庫ベストセラー

夏しぐれ
時代小説アンソロジー

平岩弓枝、藤原緋沙子、諸田玲子、横溝正史、柴田錬三郎
編／縄田一男

夏の神事、二十六夜待で目白不動に籠もった俳諧師が死んだ。不審を覚えた東吾が探ると……。『御宿かわせみ』からの平岩弓枝作品や、藤原緋沙子、諸田玲子など、江戸の夏を彩る珠玉の時代小説アンソロジー！

春はやて
時代小説アンソロジー

平岩弓枝、藤原緋沙子、柴田錬三郎、野村胡堂、岡本綺堂
編／縄田一男

幼馴染みのおまつとの約束をたがえ、奉公先の婿となり主人に収まった吉兵衛は、義母の苛烈な皮肉を浴びる日々だったが、おまつが聖坂下で女郎に身を落としていると知り……（「夜明けの雨」）。他4編を収録。

冬ごもり
時代小説アンソロジー

池波正太郎、宮部みゆき、松本清張、南原幹雄、宇江佐真理、山本一力
編／縄田一男

本所の蕎麦屋に、正月四日、毎年のように来る客。彼の腕にはある彫ものが……／「正月四日の客」池波正太郎ほか、宮部みゆき、松本清張など人気作家がそろい踏み！　冬がテーマの時代小説アンソロジー。

いのちを守る
医療時代小説傑作選

宇江佐真理、藤原緋沙子、藤沢周平、山本一力、渡辺淳一
編／菊池　仁

藤沢周平、山本一力他、人気作家が勢揃い！　鍼灸師、獄医、感染症対策……確かな技術と信念で患者と向き合った、江戸の医者たちの奮闘を描く。読む人の心を癒やす、まったく新しい医療時代小説アンソロジー。

雷桜

宇江佐真理

乳飲み子の頃に何者かにさらわれた庄屋の愛娘・遊（ゆう）。15年の時を経て、遊は、狼女となって帰還した。そして身分違いの恋に落ちるが――。数奇な運命を辿った女性の凛とした生涯を描く、長編時代ロマン。